KLARTEXT

Jörg Bartel

Für immer Kolumbus

Kolumnen 2011–2015

Herausgegeben von Jens Dirksen

Bibliografische Information der Deutschen Nationalbibliothek
Die Deutsche Nationalbibliothek verzeichnet diese Publikation in der Deutschen Nationalbibliografie; detaillierte bibliografische Daten sind im Internet über http://dnb.dnb.de abrufbar.

1. Auflage, Oktober 2017
Satz und Layout: Achim Nöllenheidt
Umschlaggestaltung: Ina Zimmermann
Umschlagbild: FUNKE Foto Services/Ulrich von Born
Druck und Bindung: Drukkerij Wilco B.V., Vanadiumweg 9,
NL-3812 PX Amersfoort
ISBN 978-3-8375-1807-8

KLARTEXT

Jakob Funke Medien Beteiligungs GmbH & Co. KG
Friedrichstr. 34–38, 45128 Essen
info@klartext-verlag.de, www.klartext-verlag.de

Inhalt

Bei uns daheim

Zwischen Heimaterde und Shanghai

Völlige Fehlplanung, das: Da hatte ich mir extra einen halben Vormittag für den Zensus 2011 freigeschaufelt, damit ich in aller gebotenen Ruhe und Sorgfalt die Fragebögen würde ausfüllen können. Hatte die Gattin in die Muckibude Heißen ausgelagert und dem Sohn streng verboten, ausnahmsweise vor zwölf Uhr mittags aufzustehen – und dann war ich in fünf Minuten durch. Hatte nur den Brief für die Wohnungszählung bekommen. Hatte brav für die Kolumbusstraße 123 die Zimmerchenzahl und die Anzahl der Bewohner angekreuzt und die Art der Heizung verraten, dann war auch schon Schluss. Dabei hätte ich dem Staat noch so viel zu erzählen gehabt. Aber der scheint von mir irgendwie gar nichts mehr wissen zu wollen.

Weiß er, dass bei uns neben vier Bartels auch noch zwei Katzen wohnen? Dass unser rotes Sofa von Opa August heute ein weißes ist, das vergilbt ist und dass ich das alte rote wiederhaben will? Dass unsere Küche vor zehn Jahren ganz neu war? Aber vielleicht surft der Staat ja auch den ganzen Tag im Internet, chattet und twittert, stupst Verfassungs-Freunde bei Facebook an und ist am wirklichen Leben eher desinteressiert.

Will er denn gar nicht wissen, was meine Hobbies sind und welche meine Lieblingsfarbe? Was ich vom Afghanistan-Einsatz der Bundeswehr, der FDP und der Frisur von Sarah Wagenknecht halte? Keine einzige Ziffer meiner EC-Geheimnummer? Meine aktuelle Bundgröße und die, die ich gerne wieder hätte? Meinen Lieblings-Italiener? Das Passwort für meinen Computer? Dass mein Kater einen Migrationshintergrund hat (Mutter kam aus Westfalen)? Nichts über meine religiöse und politische Überzeugung, die verdammte Pollenallergie und meine bevorzugten Albträume?

Ich finde, dafür, dass ich Steuerzahler die 710 Millionen Euro für die Volkszählung aus meiner Tasche bezahle, könnte ja wenigstens einer von den 80.000 Interviewern mal bei mir anklingeln. Aber mich fragt ja keiner.

Und das ist etwas, womit einer erst mal fertig werden muss, der gegenüber seiner Frau noch nie was zu sagen hatte und dessen Kinder schon seit Jahren nicht mehr hinhören, wenn Papa Vorträge hält.

Wissen ja eh alles besser.

Vielleicht sollte ich nach China ziehen. In China werden Vater und Mutter noch geehrt. Da kümmert sich der Staat noch um einen. Als in China Kindergartenplätze,

I-Phones und Reis für alle fehlten und der Staats- und Parteiführung das ganze Getuschel und Gekicher auf den Schulhöfen zu viel wurde, hat sie kurzerhand eine Ein-Kind-Quote eingeführt. Wer sich nicht dran hielt, bekam ein Knöllchen. Allerdings gab es trotzdem immer mehr und mehr Chinesen, und da wurde, wie ich las, im April 2004 die Regelung gelockert: In Shanghai dürfen seitdem Geschiedene und wiederverheiratete Partner Nachwuchs bekommen, auch wenn sie schon ein Kind aus einer früheren Ehe haben. Auch Paare, die selbst Einzelkinder sind, dürfen jetzt in der 20-Millionen-Einwohnerstadt ein zweites Kind haben. An weitere Lockerungen der Ein-Kind-Politik wird momentan nicht gedacht, dafür hat Shanghai jetzt rigoros eine Ein-Hund-Quote eingeführt. Denn in der Hafenstadt dackeln zurzeit noch 800.000 Hunde auf den Straßen herum, und sie hinterlassen alle miteinander einen Haufen Probleme. Welche jenseits der Haufen, ist mir allerdings nicht bekannt. Vielleicht haben sich zu viele mit Regimekritiker Ai-Wau-Wau solidarisiert. Es ist übrigens lediglich ein von ausländischen Agenten verbreitetes infames anti-chinesisches Gerücht, dass alle Hunde, die pro Haushalt überzählig sind, aufgegessen werden müssen. Als Suppenhund, oder so (Nummer 92 a auf der Speisekarte). Nein, die Chinesen dürfen ihre Zweithunde durchaus behalten, müssen aber für alle Vierbeiner Gebühren zahlen.

Mir wär's ja egal. Wir haben Katzen, die schönsten zwei von derzeit 8,2 Millionen in Deutschland, die der IVH gezählt hat. Wobei der IVH nicht mit HIV zu verwechseln ist: HIV ist eine Geißel der Menschheit, der IVH hingegen der Industrieverband Haustiere. Wussten Sie, dass Jones und Blümchen zu den 99 Prozent deutschen Katzen und Hunden gehören, die nicht krankenversichert sind? Das hat auch mal wer nachgezählt, fragen Sie mich jetzt nicht wer. Aber mich fragt ja eh keiner und der Staat schon mal gar nicht.

Nun kann es ja sein, dass der Staat samstags NRZ liest und darum schon seit Jahren praktisch alles weiß, was da hinter der lila Tür von Kolumbus einszweidrei auf der Heimaterde so abläuft. Dann hätte der Staat wirklich keine Fragen mehr, denn dann wäre er ja fast so informiert wie Sie.

Wespen und Pustekuchen

So, jetzt nehmen wir mal die Wespe durch. Dabei sind Wespen eigentlich langweilige Tiere, es sei denn, sie stechen einen gerade oder sitzen auf dem Pflaumenkuchen. Die Frage, warum sie sich auf Pflaumenkuchen setzen, ist schnell beantwortet: weil der süß ist und die Wespen das mögen. Nicht beantwortet ist damit die Frage, warum sie sich immer auf MEINEN Pflaumenkuchen setzen und warum sie bevorzugt MICH stechen. Ich habe mal einen Stich aufs rechte Augenlid und einen ganz besonders fiesen in die Lippe abgekriegt. Beim Pflaumenkuchenessen.

Ich mag Wespen nicht. Würden sie Honig geben, würde ich Honig verabscheuen. Sie geben aber keinen Honig.

Wespen können nix, fast nix, und das bisschen, was sie können, tut gemein weh. Ich habe schon mal in ein Wespennest gestochen, und es war, als hätte ich in ein Wespennest gestochen. Ich sah noch nach Wochen aus wie ein Streuselkuchen auf zwei Beinen. Mit flammend roten Streuseln.

Schon zweimal haben wir in der Kolumbusstraße Wespennester gehabt, riesengroße, einmal gleich unterm Dachfirst und einmal in einer großen Thuja. Beim ersten Mal waren die Kinder noch klein, und es beruhigte uns überhaupt nicht zu wissen, dass nur gut 20 Insektenstiche pro Jahr in Deutschland tödlich enden (gegenüber 4.000 Verkehrstoten und 600 Badeunfällen). Weil also für unsere Brut Gefahr im Verzug war und alle Wesen auf diesem Planeten, die meinen Kindern was tun wollen, meine Feinde sind, haben wir die Nester nach einigen Diskussionen entfernen lassen. Von einem Imker, der sie „umsetzte“ und danach behalten wollte, auch wenn die Blagen brüllten „Macht sie platt! Macht sie platt!“

Mir war bewusst, dass es sich bei diesen Völkern mit hoher Wahrscheinlichkeit um eine ganz seltene, vom Aussterben bedrohte Art handeln würde. Was ich ja bei Wespen im Prinzip für eine gute Nachricht zu halten geneigt bin. Aber immer, wenn man irgendwelchen Mistviechern an den Kragen gehen will, sind sie besonders geschützt. Das ist so. Das gilt für weiße Haie, wandernde Kröten und eklige Hufnasen-Fledermäuse genauso wie für Wespen. Wespen sind unnütze Tiere. Katzen, Hunde und Hühner sind dagegen Nutztiere: Hühner legen Eier, Hunde bringen der Stadt Hundesteuer und Katzen sind sinnstiftend. Wie kann man sich vor Wespen schützen?

Nein, man kann sie nicht alle einzeln taillieren – auch jenseits des Tierschutzgedankens nicht. Aber man kann es versuchen. Bringt leider nichts, denn wenn man zum Beispiel eine *Vespula germanica* glücklich platt hat, warten da in so einem unsympathischen Volk noch 7.000 andere Mistviecher, die erfahrungsgemäß alle zur Beerdigung kommen wollen oder Rache.

Und Pflaumenkuchen.

Um sich wirksam vor diesen miesesten aller Hautflügler zu schützen, kann man das Überwiesenlaufen mit nackten Füßen lassen, stark riechende Parfüms meiden und lieber stinken. Man kann sich vollständig eingittern oder in die Antarktis ziehen und hoffen, dass sie nicht zu schnell abtaut. Dummerweise nutzen Mord und Totschlag auch nichts, denn die sterbenden Insekten scheinen kurz vor dem Ableben noch einen Botenstoff auszusenden, der weitere Wespen alarmiert. Um dem die Krone aufzusetzen, honorieren sie nicht mal die pazifistische Verteidigungs-Variante: Der Naturschutzbund setzt uns davon in Kenntnis, dass auch freundliches Wegpusten bei den Viechern nicht gut ankommt: In unserer Atemluft ist nämlich Kohlendioxid enthalten, das unter Wespen offenkundig als Alarmsignal gilt. Das heißt, die blöden Biester werden durch das Pusten erst so richtig aggressiv.

Wespen sind also, anders als ich, von Natur auf Streit aus und dazu vollkommen überflüssige Tiere. Selbst als Nahrung für andere sind sie nur zweite Wahl. Niemand mag Wespen. Und der himmlische Vater ernährt sie doch. Mit meinem Pflaumenkuchen.

Aus dem Nähkästchen

Ich weiß gar nicht, ob Sie's wussten, aber es könnte gut sein, dass der Dichter Theodor Fontane verantwortlich ist. Er hat im Jahre 1895 seine Roman-Heldin Effie Briest ihre geheimen Briefe in ihrem Nähkästchen verstecken lassen. Was aufflog, ihren Ehemann gründlich vergrätzte, in einem idiotischen Duell auf Leben und Tod endete und womöglich die Redensart „aus dem Nähkästchen plaudern" begründete.

Könnte aber auch sein, dass in alten Zeiten, da die Männer noch weniger nähten als sie heute bügeln, alle Frauen ihre Geheimnisse im Nähkästchen verstauten oder beim gemeinsamen Nähen am Kästchen klatschten und tratschten, also „aus dem Nähkästchen plauderten".

Wir haben neuerdings auch ein Nähkästchen in der Kolumbusstraße: dunkelhölzern mit vielen Fächern und Schrauben und Gebrauchsspuren, womöglich ein Gesellenstück aus dem frühen 20. Jahrhundert. Es ist ein Erbstück, eine Erinnerung an Tante Anneliese und Onkel Friedhelm aus Altendorf, den besten Freunden meiner Eltern und Eltern meines Blutsbruders. Warum es jetzt bei uns steht?

Fragen sie meine Frau. Sie kann manchmal nicht „näh" sagen. Und ich, passionierter Nicht-Näher, bin ja bekanntermaßen ein sentimentaler Esel. Das Nähkästchen ist jedenfalls erheblich attraktiver als die ramponierte Pappschachtelbox von Ikea, die bisher Bartels Garn, Zwirn und Knöpfe beherbergte. Wobei ich persönlich ja einen Werkzeugkasten aus dem Baumarkt vorgezogen hätte. Aber, zugegeben, in so einer neuen Metallkiste ist ja nichts als Leere, das Nähkästchen dagegen entpuppte sich als Wundertüte ...

Auf einmal tauchten wir tief in uralte Zeiten, in denen man noch Socken stopfte und diese ekligen leberschadenbraunen Strumpfhosen, die sich immer auffusselten. Und Flicken aufnähte, statt aus Modegründen Löcher in nagelneue Hosen zu reißen. Und „Ackermanns Leinenzwirn in Grün für Maschine und Hand in dreifacher S-Drehung" für Dinge verwendete, die ich wohl verdrängt habe.

Die Fingerhüte aus Tantes Nähkästchen stammten übrigens aus Mallorca und sehen aus wie Schnapspinnchen. Wir fanden sie im untersten Fach gleich neben „Nesthäkchen's Nadelmappe", worin sich ein breites „Sortiment feiner Näh- und Stopfnadeln mit feinen spitzen und großen Öhren" zum Nähenüben verbarg. Auf dem Pappheftchen sieht man zwei rosige Mädchen mit Schleifen im Haar, die gerade hohes Fieber gehabt oder einen Eimer Rotbäckchensaft gesoffen haben müssen. Sie haben mich in die Zeit zurückkatapultiert, als ich noch in potthässlichen, „aber wahnsinnig praktischen“ kurzen grauen Wildlederhosen durch die Essen-Altendorfer Prärie streifte. Und genauso rote Backen hatte wie die doofen Mädchen, vor Scham, wegen der ollen Lederhose. Ja, Mama, Winnetou trug auch Lederhosen, aber doch nicht solche mit einem albernen Hirschgeweih auf dem Latz!

Faden verloren ...?

Zu berichten wäre unbedingt noch von der spektakulären Sicherheitsnadel-Kollektion und den exotischen Nadelkissen in Herzform, auf denen Schwarzwaldmädel wie Voodoopuppen zernadelt sind. Und von den fünf Metern Gummilitze „Elastik“ aus 57 Prozent Polyester und 43 Prozent Elastodien, die man bis 95 Grad waschen kann. Ich sage Ihnen, wenn heute bei mir Pyjama-Gummizüge in Serie rissen – es wäre uns ein Fest!

Tiefere Einblicke vermitteln uns die Behältnisse, in denen sich Nadeln, Fäden und Knöpfe befinden: Dabei handelt es sich fast ausnahmslos um ausgediente Zigarillo- oder Zigarettenschachteln aus Blech. Die bezeugen sehr schön, dass früher mal aus dem Orient nicht finstere Islamisten kamen, sondern Lux, Tabak und Fernweh. Und dass damals gequalmt wurde wie der Ejafjallajökull. „20 Effendi“ in der blauen Pfauenbox, „50 Orientcigaretten“ im Exportformat oder eine versilberte 25-er Tropenpackung aus dem Hause Neuerburg. Alles vollständig aufgeraucht und viel zu schade zum Wegschmeißen. Und da wären noch, oho, 20 Meter feinstes Spezialstopfgarn „Perletta“ für Nylon-Perlon-Seidenstrümpfe: ein Schatzzzz!? Was ich damit mache? Nun, ich stopfe nicht. Aber zum Spinnen reicht's.

Zehn Packen weniger neun

Jetzt können wir es ja sagen: Frauen sind anders als Männer. Und das kommt davon: Irgendwann in den alten Zeiten, als Urururururopa hinter Mammuts und Auerochsen herjagte oder Skat oder Fußball spielte, muss Urururururoma sich die Steinzeit mit Bügeln, Nähen und Geschenkeeinpacken vertrieben haben. Das ging über Generationen so, so dass der technologische Vorsprung heute als Teil der weiblichen DNA betrachtet werden muss. Bei uns kann man alle Jahre wieder den Unterschied sehen: Mit den Geschenken meiner Frau könnte man Türme, Talsperren und solide Mehrfamilienhäuser bauen, denn da stimmt jeder rechte Winkel. Mir ist jeder Winkel recht. Und: Es ist mir auch schnurzpiepenegal. Wird ja eh alles später aufgerissen und weggeworfen. Ich habe dafür keine Geduld. Weil ich beim Wort „einpacken" immer an „Fräulein" Puffert denken muss und wie sie am Ende des Unterrichts rief: „Zehn Packen weniger neun Packen sind –?!" Und – zack! – weg waren wir.

Ich schlönze schon beim Schneiden des Papiers. Es ist immer zu lang oder zu kurz, und dann wird so lange gezuppelt, dass am Ende kein Mensch sagen kann, ob ich nun ein Buch oder eine Plüschgiraffe eingepackt habe. Was wiederum den Vorteil hat, dass bei mir jedes Päckchen ein Überraschungspaket ist. Außerdem rufen meine Kinder traditionell bei allem, was sie – von mir verpackt – unterm Weihnachtsbaum finden, sowieso immer „Ein Klavier! Ein Klavier!"

Meine Frau kann prima falten, ich habe sie. Also jetzt: die Falten. Im Papier. Immer. Und das nervtötende und vollkommen sinnfreie Umknicken, Einklappen und Eckenglattstreichen erinnert mich an die Papierflugzeuge von dunnemals, die ich auch nicht draufhatte. Und dieses alberne Hochschnörkeln des Restbändchens ist mit mir gar nicht zu machen. Und stehe ich etwa damit alleine, meine Herren?

Ich nehme an, Sie haben noch in Erinnerung, wie Christo damals den Reichstag verpackt hat? War das akkurat? Nein, war es nicht, das war Kunst. Sowas von Knitterfalten hat die Welt noch nicht gesehen, und ich kann mir gut vorstellen, was Christos Frau damals für einen Aufstand gemacht hat. Ich sehe Jeanne-Claude vor mir, wie sie nächtens aus dem Haus schleicht und versucht, den Reichstag glattzustreichen. Wobei es wahrscheinlich sowieso ihre Idee war, den Berliner Backes zu verpacken. Vermutlich hat Meister Christo damals am Abendbrottisch zu Jeanne-Claude gesagt: „Wieso sollten wir den Reichstag verhüllen? Der ist doch schön so.“ Und hat sich dann geschlagen gegeben.

Aber beim Oberhausener Gasometer hat er es anders gemacht: Ließ den Trumm außen wie er ist und friemelte innen einen gewaltigen Luftsack hinein. Hätte Jeanne-Claude noch gelebt, hätte sie mindestens auf einem rosa Schleifchen drumrum bestanden – mit geschnörkelten Enden.

Einmal habe ich alles uneingepackt gelassen und jedem eine unaufgerollte Rolle feinstes Geschenkpapier geschenkt. Und meine Familie schien geradezu dankbar. Sie kannten ja die Alternativen: Eselsohren, Risse im geknebelten Papier, die mit genialischen Sinnsprüchen auf Postkarten kaschiert werden („Hunde mögen die ersten Haustiere gewesen sein. Aber Katzen haben das Tierhaus erfunden!“), Uhu-Tropfen an den Fingern oder doppelseitiges Klebeband um jedes „Klavier! Ein Klavier!“

Es war so, und es wird so sein: Männern kommt es auf die Inhalte an und nicht auf die Hülle. Und die Frauen? Können einpacken.

Vom tieferen Nutzen eines Gartens

Es soll ja Menschen geben, die wunschlos glücklich sind. Ich aber wünsche mir einen elektrischen Rasenmäher. Schon seit Jahren, und ich habe noch kein einziges mal einen gekriegt, nicht mal einen halben.

Als wir noch in Essen-Rüttenscheid wohnten, haben unsere Freundin Me und wir uns im schattigen Nordgarten extra Rollrasen angeschafft, damit ich einen Grund hätte. Leider ist der Rollrasen dreimal hintereinander buchstäblich im Erdboden versunken, so dass wir ihn zum Rasenmähen hätten ausgraben müssen. Aber wer macht schon sowas? „Für keinen Rasen wird kein Rasenmäher angeschafft!", entschied meine Regierung.

Basta.

Und in der Kolumbusstraße? In unserem Gärtelchen gibt es am äußersten Rand zwischen dem stachligen Zaungestrüpp, dem modernden Geräteschuppen und zwei beleidigten Apfelbäumen ein Stückchen Grün. „Da haben wir's!", rief ich euphorisch. „Das ist Moos!", mähte man mich um. Wobei ich zugeben muss, dass dieses noch näher zu definierende Grünstück so klein ist, dass es gar nicht mehr da wäre, wenn man einen Rasenmäher darauf stellte. „Wir könnten uns ja einen grünen kaufen!", schlug ich vor, wurde aber in Grund und Boden geguckt. So habe ich nun beschlossen, Rasen sowieso immer schon blöd gefunden zu haben. Rasen taugt zu nix und liegt nur rum. Rasen kann man nicht essen. Rasen ist wie Blumen, von denen man die Blüten abgeknipst hat. Gärten mit Rasen sind öde Gärten. Ich stehe jetzt auf Nutzgärten.

Wir haben einen sehr schmalen, aber schönen Garten, den wir auch gerne nutzen. Wiewohl unsere großen Thujen ausschließlich als Schattenspender was taugen. Zwar kann man ihre Früchte essen, aber dann fällt man nach dem Verzehr tot um. Das gilt übrigens für die meisten unserer Kolumbuspflanzen. Ob unsere Forsythien schmecken, weiß ich nicht, aber der Ginster ist definitiv giftig und genauso gelb. Den Ilex muss man vor Verzehr zunächst rasieren, was aber seltsamerweise nicht für die Stachelbeeren gilt, ausgerechnet. Vielleicht machen wir, wenn die Zeit gekommen ist, mal Farngemüse mit Efeuranken, aber ohne die schön knackigen Buchsbaumblätter. Die sind nämlich auch toxisch. Und den Bärlauch, der stiekum unterm Rhododendron grünt, schnippeln wir auch nicht hinein, denn der schmeckt bei uns nicht nach Knoblauch, sondern nach Katze.

Zur gartenlichen Selbstversorgung stehen uns darüber hinaus noch ein paar mickrige Johannisbeersträucher zur Verfügung; die Apfelbäume aber sind zum Apfeltragen zu beleidigt, seitdem ich sie zur Unzeit unfachmännisch guillotiniert habe. Jetzt tragen sie statt Äpfeln nur noch Zweige, die dünn, laut- und blattlos meterhoch in den Himmel schießen. Oder fliehen. Selbst wenn es dort oben Äpfel gäbe, könnten wir sie nur mit Kran ernten.

Sonst haben wir in der Kolumbusstraße nix, außer dem erfrorenen Bambus, den ich mal sprossenweise in meinem berühmten China-Huhn süßsauer versenken wollte. Blieben noch das völlig aromafreie Thymianbüschel und der üsselige (usselige? utzelige?) Rosmarin-Darsteller, die ich in große Tontöpfe gepflanzt habe, weil ich Nutzgärten so liebe und von Blumen-Buhles gelben, blauen und roten Primeln Bauchschmerzen bekommen habe.

Also nutzen wir unseren Nutzgarten gemeinhin zum Feiern und Faulenzen, was ja auch ein schöner Nutzen ist. Nur unser Jones lässt sich nicht mehr blicken, er geht hier nicht mal mehr aufs Klo. Das liegt an dem gelbschwarzen Warnschild, das wir ans Gartentörchen genagelt haben. Das ist ein Geschenk vom Essener Künstler, Katzenfan und Kolumbisten Franz Josef Grimmeisen (danke!). Der hat mir, nachdem er meine Kolumne über Jones' Attacke gelesen hatte, dieses Schild geschenkt. Darauf steht: „Vorsicht, Kampfkatze!" Seitdem traut sich Johnny nicht mehr in den Garten.

Jungborn mit Gandalf

Wissen Sie, was ein Jungborn ist? Ich weiß es nicht, aber bei meiner Tante Hete lag immer eine Zeitschrift auf dem Mahagoni-Wohnzimmerbeistelltisch, so wie bei Opa Heini „Wild und Hund". Tante Hetes Wohnzimmerbeistelltisch-Zeitschrift hieß „Mein Garten – ein Jungborn". Ich habe als Kind damit immer Feen und Elfen assoziiert und Einhörner. Offenbar tun das auch manche Zeitgenossen und Heimaterde-Reisende mit unserem Garten, von dem Sie ja wissen, dass er sehr schmal ist, ein bisschen lang, aber sehr hoch. „Das ist der verwunschene Garten", habe ich einmal Passanten an einem Sonntagvormittag über die Mauer raunen hören, und es hat mich sehr gefreut, denn auch das klang nach Feen, Elfen und Einhörnern und Tante Hete, die ich so gerne mochte.

Der „verwunschene Garten" ist übrigens berühmt-berüchtigt in der Heimaterde, vor allem bei den alten Heimaterdlern. Dieser Garten, in dem sich lauter Thujas fünf, sechs, sieben Meter hoch in den Heißener Himmel recken, den ab Mai eine Blutbuche errötet, der erstaunlicherweise Platz hat für drei Appelbäume, eine japanische Kirsche, Lorbeer, Taxus, Johannisbeeren, Ginster, drei Millionen Nacktschnecken und, seitdem ich weiß, wie man die schreibt, Rhododendren, um die sich ein schmales Weglein windet. Der Garten besteht vorzugsweise aus Schatten und Geschichten, die vielleicht keine Märchen sind. Angelegt hat ihn einst ein holländischer Gartenarchitekt im Auftrag jenes Mülheimer Künstlers, dem damals unser Häuselchen gehörte.

Der Mann hieß Ullmann, und er war ein richtiger Künstler. Und was so ein richtiger Künstler war, der benahm sich auch so, früher: veranstaltete unterm Dachjuchhe legendäre Vernissagen, porträtierte Kruppianer in seinem Wohnzimmer und, wie der Heimatfunk funkt, ihre Frauen zuweilen sogar NACKT! Was zu kleineren Skandalen und größeren Entrüstungen willkommenen Anlass gegeben haben soll. Und NACKT soll der olle Ullmann auch durch seinen Garten gekobolzt sein, mit nichts am Leibe als seinem Talent. Und genau darum habe er ja all die Bäume, die den Garten Kolumbus 123 heute zum kleinsten Waldgebiet Nordrhein-Westfalens machen, hinforsten lassen: als Sichtschutz nämlich.

Gemeinheit! Klar, dass die Neugier der Nachbarn zunahm, je mehr die freie Sicht auf freie Bürger abnahm. Von rechts zum Parkplatz hin baut sich nämlich seit je eine mächtige Natursteinmauer auf, die Bäume, die da vor 15 Jahren irgendein Waldheini von der Stadt davorsetzte, um einen Grüngürtel um den Forst zu ziehen, hätte es gar nicht gebraucht. Und von links kommt man nicht dran.

Nun, der Herr Ullmann ist nicht mehr, und – ehrlich! – es tanzt auch keiner mehr nackt, nur mit Rotwein bekleidet durch meinen Garten, aber der Zauber bleibt. Seit kurzem haben wir nämlich wieder einen Igel: Gandalf. Eine uns bis dato unbekannte Mülheimerin, die Gandalf gerettet und über den grimmen Winter gefüttert hatte, brachte ihn vorbei. Sie wohnt gar nicht in der Heimaterde, aber während ihrer Spaziergänge war sie doch immer mal wieder durch die Siedlung gestreift und hatte dabei unser Zaubergärtelein entdeckt. Fern jeder großen Straße, schien ihr das der ideale Platz für den ins Leben gepäppelten Igel zu sein, und so hatte sie eines Tages Mut gefasst und bei uns angeklingelt: Guten Tach, ob wir eventuell ihren Igel ...?

Opa Heini hatte Igel nie so gern. Er stand mehr auf Hunde und jagdbares Wild, für ihn war ein Igel nur ein „Rattenkaktus“. Wir, die wir Igel durchaus schätzen, sofern sie ihre Flöhe bei sich behalten, haben uns kurz mit Jones und Blümchen verständigt, die ja noch Niki-Swietie Plischka-Bartel und die Hühnerflügel von Edeka in guter Erinnerung haben, und unsere Gemüts-Katzen hatten nichts dagegen. Sie nutzen den Garten sowieso nur mit uns als Bodyguard.

Tja, so ist das nun mit unserem verwunschenen Jungborn: keine Künstler, keine Einhörner, keine Skandale mehr, aber Gandalf.

Noch grinst er, der Ginster

Herr: es ist Zeit. Der Winter war sehr groß.
Leg deinen Schlitten in die Kellerflure.
Und deine kalten Hände in den Schoß.

Befiehl den nächsten Nächten warm zu sein;
uns schenk ab jetzt nur südlichere Tage.
schaffst du das nicht, dann hast du die Blamage
und ich schon wieder Frost und Frust am Bein ...

Und ausgerechnet hier reißt das Gedichtfragment ab, das man vor kurzem erst in einem fleckigen Kochbuch fand. Dasselbe hat Mutter Rilke einst ihrem zarten Rainer Maria zum Geburtstag geschenkt. Wir hätten gar zu gerne gewusst, wie es weitergeht, das Gedicht, das zum großenteils verschollenen Vier-Jahreszeiten-Zyklus des deutschen Dichters gehört haben muss.

Mir spricht es aus der Seele, die seit einer Woche wieder im Auftauen begriffen ist. Ich bin beim ersten lauen Sonnenstrahl in unser Gärtelchen gehechtet und hab zunächst mal Schneeglöckchenspitzchen gezählt und dann Hyazinthenzipfel, und dann sah ich mit Entzücken, wie mir aus der Heimaterde Küsse entgegenwuchsen – Kroküsse. Herrlich! Andere Leute mögen Rücken haben – ich hatte Frühling. Ich pfiff wie ein Rohrspatz, blähte lüstern meine Nüstern, um das erste Parfüm des Lenz tief in mich aufzunehmen, und platzte fast vor Tatendrang. So hebelte ich entschlossen das halb vermoderte Gartenhäuschen auf, vergrub darin Schlitten, Schneeschaufel und Frostschutzmittel und entspinnwebelte Gartenschere, Astschere und Blumenerde, ekelte mich ein bisschen und schritt dann wie ein Kleingarten-Terminator das Gärtelchen ab. Bartel erklärt den Krieg: dem modrigen Laub; den abgestorbenen Stauden, Ästen, Zweigen; überhaupt allem, was unseren Garten verfinstert.

Und ich ahnte schnell, diesen Krieg konnte ich nicht gewinnen. Kolumbus 123 ist vorne wie ein Hexenhaus und hinten wie Afghanistan. Gefährlich, unwegig, unkontrollierbar. Für jedes Zweiglein, das ich schnitt, schnitten mir drei neue Fratzen. Und die Apfelbäume waren, vermutlich auf der Flucht vorm Bodenfrost, in die Höhe geschossen. Sie hatten ihre nackten Triebe so hoch in den Himmel hineingetrieben, dass mit der Astschere nicht mehr dranzukommen war. Als ich eine Leiter anstellte, versank sie zunächst im Erdboden und fiel dann mit mir um. In die wilden Brombeeren. So irrte ich einige Minuten fluchend hin und her und wusste nicht, ob ich kapitulieren oder wo ich beginnen sollte.

Da erblickte ich unseren Ginster, der im Mai immer aussieht, als würde bei uns hinter der Terrasse die Goldene Kamera verliehen. Jetzt machte der Ginster Spagat. Das macht er schon seit dem bösen Herbststurm, der uns Nachbars tonnenschweren Sonnenschirm von Westen her rübergeweht hat. Der zerteilte den Ginster sauber wie mit der Handkante, so dass er aussah wie Jesus am Kreuz ohne Kreuz. Auf die beiden Ginsterarme aber hatten sich im Winter Eisberge niedergelassen, die ihn niederdrückten. Nun sah er aus, als habe er einen Buckel und wachse traurig in den Boden zurück.

So einen Depri-Ginster wollen wir nicht, also schnitt ich ihn ab, bis nur ein Stämmchen aus der Erde ragte, an dem ein gelbes Zettelchen hing: „Ginster" ... Beziehungsweise „*Genista scoparia*" (denn unser Garten kann Latein). Ich erinnerte mich, dass ich damals, als meine Kinder noch klein und doof waren, dieselben eindringlich vor dem Verzehr des Ginsters gewarnt hatte. Und wie sie mich anschauten, als hätte ich keine Ahnung, was lecker ist. Nachdenklich schnippelte ich ein bisschen am Kirschlorbeer herum, von dem ich weiß, dass er sowas nicht persönlich nimmt, und zuppelte zaghaft an ein paar Apfelbaumzweiglein. Eigentlich, das wusste ich, bräuchten die Appel-Opas (sie sind fast 80 Jahre alt) einen soliden fachmännischen Grundschnitt – aber hier war ja weit und breit kein Gärtner in Sicht, nur ein Stümper mit Frühlingsgefühlen.

Ich bin Frau Bauknecht

Manchmal habe ich so richtig Lust, meine Kinder zu erziehen. Dabei weiß ich ja, dass das gar keinen Zweck hat, weil sie einem ja doch nur alles nachmachen. Außerdem ist es zu spät: Sie sind beide über 18 und praktisch nie zu Hause, was, wenn man schon nichts mehr zu sagen hat, die Erziehung zusätzlich erschwert. Oder sie liegen, weil schon wieder Wochenende, noch im Bett. Ja, sie wollten das Geschirr noch ab- und in die Geschirrspülmaschine räumen, klar, Ehrensache. Und dann steht es am Morgen immer noch da und wartet auf Erlösung. Und weil ich Frühaufsteher bin – sie sprechen von seniler Bettflucht –, habe ich als erster das Chaos vor Augen. Und kann es nicht mit ansehen. Und räume mal eben schnell alles weg. Dabei schimpfe ich vor mich hin, klappere gehässig mit Tellern und Besteck in der Hoffnung, sie aus dem kalkulierten Koma zu wecken. Sie reagieren aber ausschließlich auf ihre individuellen Handy-Klingeltöne oder auf das Düdelü, wenn eine E-mail ankommt.

Früher! Früher war alles schlechter, weil es noch keine Geschirrspülmaschinen gab. In diesen finsteren, harten Zeiten musste man auch im Hause Bartel jede Tasse, jede Gabel von Hand spülen, abtrocknen, einsortieren.

Es war schrecklich.

Dann kam Frau Bauknecht. Unsere erste Geschirrspülmaschine hieß Frau Bauknecht. Und, ja, wir haben sie geliebt. Vor allem ich. Wenn ich scheel fragte „Soll ich abtrocknen?“, kam auf einmal die Antwort: „Ach, das macht Frau Bauknecht.“ Das war mal ein schöner Fortschritt, denn zuvor musste ich immer an frostigen Wintertagen mit bloßem Oberkörper und einem Gussstahl-Eimer in der Hand drei Etagen hinabsteigen zum Brunnen, aus dem ich eiskaltes Wasser schöpfte, das es dann auf dem Herd zu erwärmen galt, bis das Spülwasser die rechte Temperatur erreicht hatte. Dann wurde unter den strengen Augen meiner Eltern geschrubbt und gespült, und ich kriegte von der Plackerei diese fiesen Schrumpelfinger wie sonst nur samstagabends in der Badewanne. Gut, das war jetzt komplett gelogen, aber so erzähle ich es meinen Kindern immer sehr gern.

Meine verwöhnten Kinder sind quasi in der Spülmaschine zur Welt gekommen. Um sie zu beeindrucken, müsste jetzt ein Roboter erfunden werden, der den Esstisch eindeckt, abräumt, abwischt und das ganze Gelump in die Spülmaschine verfrachtet, die schon lange nicht mehr Frau Bauknecht heißt und mehr Tasten hat als ein Klavier. Das heißt: Eigentlich brauchen meine Blagen gar keinen Roboter. Sie haben ja uns.

Als sie noch kleiner und dümmer waren, gab es blutige und vor allem laute Geschwisterkriege um das Ein- und Ausräumen. Irgendwann haben sie die Welt unter sich aufgeteilt: Jan war zuständig für die erste Etage, Rosa fürs Parterre. Das ging so lange gut, bis sich einer von beiden schändlich übervorteilt sah und den Wechsel forderte. Ist Besteck mühseliger als Kaffeegeschirr? Ist bücken anstrengender als recken? Gibt es einen Risiko-Bonus für scharfe Küchenmesser? Der Frieden hielt, wie anderswo auch, genau bis zum nächsten Krieg. Und darüber wurden sie irgendwie erwachsen.

Wie ich hörte, verhält sich mein Sohn bei anderen Leuten mustergültig – gerade so, als ob wir ihn gut erzogen hätten; und Rosa führt in ihrer Berliner Bude ein strenges Regiment und sorgt mit einiger Penetranz dafür, dass ihre Freunde und Gäste nicht allzu viel Unordnung hinterlassen. Das gibt uns Hoffnung – bis sie wieder auf Heimaturlaub ist, auf ihren faulen Bruder schimpft und sich von uns nach Strich und Faden verwöhnen lässt. Ich glaube, dass sie eigentlich nur noch in die Kolumbusstraße kommt, um die Spülmaschine nicht einzuräumen. Als ich ihr das väterlich gesagt habe, musste ich mir prompt eine Verteidigungsrede anhören, wie es sie seit der Apologie des Sokrates nicht mehr gegeben hat. „Du hast das Geschirr doch wieder nicht eingeräumt!“, moserte ich. „Ja, wie denn?“, konterte sie, „die Maschine war ja noch voll!“

Machtworte und andere Illusionen

Geradezu gerührt war ich ob der solidarischen Reaktionen auf meine jüngste Kolumne. Das Spülmaschinen-Mirakel scheint doch weiter verbreitet zu sein, als ich vermutet hatte. Nun fühle ich mich zwar immer noch wie ein erbärmlicher Erziehungsversager, aber lange nicht mehr so alleine.

Danke.

Ebenfalls eher ein globales als ein privates Problem scheinen Ehefrauen zu sein, die einem immer den Tank leerfahren. Dieses Problem wird aber noch gesteigert, wenn man fahrtüchtige Kinder hat. Denen fallen nämlich just in dem Moment, in dem sie den Führerschein in Händen halten, die Beine ab. Dann wird das Wetter auf rätselhafte Weise plötzlich, aber permanent zu mies zum Laufen, drängen jäh Termine zur Hast, wo sonst noch immer reichlich Zeit für einen Internetchat oder fürs Gammeln war, das heute Chillen heißt. Mit der Aushändigung des Fahrpatents haben auf einmal nicht nur Züge der deutschen Bahn, sondern auch noch alle Straßenbahnen und Busse im Verkehrsverbund Rhein-Ruhr rätselhafte Verspätungen, und wenn alles nichts hilft, dann beginnen sie sich jählings vor der Dunkelheit zu fürchten. Oder vor Regen aus heiterem Himmel.

Dann kriegt – denn Regeln müssen sein –, wer als Erster greint, Papas Auto und beschimpft das Geschwisterkind als faulen Sack oder verwöhnte Zicke. Und dann fahren der faule Sack oder die verwöhnte Zicke Papas Tank wieder leer, den dessen Gemahlin ausnahmsweise einmal vollgetankt hatte, damit der Gemahl nicht wieder eine Kampfkolumne darüber schreibt. Immerhin habe ich meinem Wunsch in gemäßigter, doch unmissverständlicher Weise Ausdruck verliehen, dass, wer mit meinem Auto fährt, sich an den Benzinkosten beteiligen möge. Und ich hielt eine Rede, die überhaupt mal meinen Rang als Familienoberhaupt herausstreichen sollte: „Auf jedem Schiff, das dampft und segelt, gibt's einen, der die Sache regelt!", donnerte ich durchs Kolumbus-Wohnzimmerchen. Als mein Kater prustend in den Garten flüchtete und meine Blagen mich fragten „Weiß Mama das?", wechselte ich schnell wieder zum Thema Tanken.

Was durchaus nicht ohne Erfolg blieb. Als mein Sohn mit meinem Auto vom Volleyballtraining wiederkam, das bis vor kurzem noch mit öffentlichen Verkehrsmitteln zu erreichen war, tat er mir kund, dass er „übrigens" getankt habe. Für fünf Euro fuffzig. Und er machte dabei ein Gesicht, als hätte ich soeben sein

Erbteil versoffen. Und meine Tochter, die gerade erst zu Kurzferien mit Vollpension an der Heimaterdefront eingetroffen war? Musste anderntags dringend eine Freundin besuchen, mit der sie zuvor geschätzte acht Stunden lang übers Handy gequatscht hatte.

Immerhin: Als ich mich morgens hinters Steuer setzte, war zwar der Tank trocken wie die Wüste Gobi im Hochsommer. Aber auf dem Fahrersitz lagen ein Zettel mit Herzchen („Hab's nicht mehr geschafft, Papa ...") und ein Zehn-Euro-Schein.

Super.

Weil ich die Tankstelle am Rhein-Ruhr Zentrum mutmaßlich nicht mehr erreicht hätte, setzte ich mich auf die zehn Euro und flog damit zu einer Pressekonferenz nach Duisburg. Und während meines Fluges hoch überm sonnenbeschienenen Rhein-Ruhr-Gebiet kamen mir allerlei tröstliche Gedanken. Ich stellte mir vor, dass ich gerade den Reaktor Nummer 3 in Fukushima geflickt hatte; dass ich am 24. Mai auf Bob Dylans 70. Geburtstag eingeladen bin; wie ich für Schalke 04 das 6:2 gegen Inter Mailand schoss (mit der Hacke); dass ich mit Gaddafi, Ben Ali, Assad und dem abgewählten Dingsbums von der Elfenbeinküste im Diktatoren-Endlager auf der Bühlerhöhe Kaffee trank; dass Ostern die gelbe Vespa in Apulien anspringt; dass ich Guido Westerwelle tröstete. Dass die Spülmaschine eingeräumt war.

Und der Tank war voll.

Von krummen, ummen und appen Pollern

Vielleicht liegt es ja an den blöden grauen Pollern in der unteren Kolumbusstraße. Von denen gibt es nämlich drei Arten: die erste ist ab, die zweite ist um und die dritte ist weg. Zurzeit dominiert mal wieder die dritte Art.

Wenn Sie wissen wollen, wie die grauen Metallpoller in der Kolumbusstraße aussehen, dann fahren Sie am besten in die Essener Innenstadt. Da stehen nämlich noch welche aufrecht. Das liegt sicher daran, dass sie sich in einer Fußgängerzone befinden. Für Autofahrer aber sind diese Poller möglicherweise unsichtbar. Sie haben die Farbe des Straßenbelags rundum und enden in der Höhe ungefähr da, wo das Autofenster anfängt.

Dass man die Poller nicht sieht, mag aber auch daran liegen, dass sie gar nicht da sind. Offenbar geht hier der Pollerklau um. Geschenkt, die Leute sammeln ja die merkwürdigsten Dinge. Möglich aber auch, dass da Ruhr-Kultur-Touristen die Heimaterde abweiden. Dabei gibt es doch so schöne und praktische Souvenirs aus der Kulturhauptstadt: Pinkelpötte mit Essener Stadtwappen, Zollverein-Doppelbockfördergerüste aus Koks, kohlefarbene Seife und Pinkelpötte mit Essener Stadtwappen – aber was nehmen die mit? Poller! „Papa! Hast Du uns was mitgebracht aus dem Ruhrgebiet?“ – „Ja, mein Schatz. Poller von der Kolumbusstraße!“

Ich weiß nicht, die wievielte Poller-Generation zuletzt im Einsatz war, aber ich ahne, dass die Stadt Mülheim, Erfinderin der Liegepoller, offenbar über unbegrenzte Geldmittel verfügt und dieselben weiterhin und weitestgehend in die Anschaffung immer neuer Poller fließen lässt. Sollten Sie also ein bisschen Geld übrig haben – investieren Sie in Poller!

Zwischendurch hatte ich ja noch Hoffnung: Da wurden die krummen und schiefen ummen, aber nicht appen Poller mitsamt ihres herausgerissenen Fundaments wieder aufgestellt; so entstanden auf der Kolumbusstraße eine Reihe von Skulpturen, die als inoffizieller Beitrag zu Ruhr.2010 durchgehen konnten.

Aber irgendwann wurden die Kunst-Poller durch rotweiße Baken ersetzt. Oder man setzte Baken vor die Poller: Achtung Poller! Das ist ungefähr so, als würden Sie vor jede Ampel einen Verkehrskasper stellen. Nutzt aber nichts. Der Mülheimer reagiert auf jede Art von Poller wie der Kampfstier auf das rote Tuch: Da muss er drauf! Das haut er um! Das muss da weg!

Vor allem in der Spielstraßenzone, wo man nur Schritttempo fahren darf und sollte. Vermutlich darum hat die Stadt die Baken wieder entfernt: aus Sicherheitsgründen. Denn das Spielstraßenschild scheint etliche Autofahrer zusätzlich zum Gasgeben zu motivieren. Auf Spielstraßen erleben wir dasselbe Phänomen wie im dichten Nebel und dunklen Tunneln: Solche gefährlichen Zonen möchte man möglichst schnell hinter sich haben.

Nun, jetzt gibt es in weiten Teilen der unteren Kolumbusstraße nur noch einen Entschleuniger: Indiana Jones. Der liegt nämlich, wenn er sich nicht gerade rücklings auf den Ikea-Korbhocker fläzt, auf der Straße rum als wäre er Belag. Oder ein dicker, pelziger umgefallener Poller.

Die Nachbarn wissen das, schließlich ist Jones der berühmteste Kater der Kulturhauptstadt, und so fahren sie beklommen Schritt, wenn sie unser Hexenhaus passieren. Einige haben ihn sogar vom Pflaster hochgehoben und vorwurfsvoll auf unsere Treppe gesetzt. Nichtansässige aber brettern Richtung Kurve, als wäre die Straße für Autos gedacht und nicht für Jones.

Uns bleibt dann immer das Herz stehen. Paar Tage her, da hab ich vom Wohnzimmerfenster aus gesehen, wie ein Golffahrer eine Vollbremsung hinlegte, weil sich Johnny ganz gegen seine Gewohnheit kurz bewegt haben muss. Ich bin rausgesprintet und habe den Mann angeblafft: „Das ist doch kein Poller!“

Er hat mich angesehen, als hätte ich einen an der Klatsche. Dann hat er aber Jones gekrault und gesagt „schönes Tier!“, und ich war ihm wieder gut. Vermutlich werden wir Jones doch noch mit fluoreszierender Farbe anstreichen, damit ihn jeder sieht und keiner klaut.

Küchenphilosophie

Alle immer in der Küche

Wenn Sie mal wieder bei sich daheim eine Party feiern, dann werden Ihnen zwei Dinge auffallen: die Küchenhocker und die Küchensteher. Die Küchenhocker sind aus Holz, die Küchensteher aus Mülheim, Moers oder Neukirchen-Vluyn, je nachdem, wo Sie wohnen. Und vermutlich werden Sie sich fragen: Wieso sind die alle wieder in der Küche? Gefällt denen unser Wohnzimmer nicht? In meiner Küche kann man nicht mal gescheit kochen. Sie ist so klein, dass man beim Umrühren ins Wohnzimmer gehen muss, aber Gäste passen eigentlich immer hinein. Und noch einer und noch einer. Da hat man die ganze Bude auf Vordermann gebracht, Stühle aus dem ganzen Viertel zusammengeschnorrt und strategisch im Wohnzimmer verteilt; und was machen die Leute? Stehen sich in der Küche auf den Füßen, als gäb's dafür Geld.

Das mag ja an den uralten Zeiten liegen, die wir in unseren Instinkten gut abgelagert haben. Das waren die archaischen Abende, da die Clans grunzend und unrasiert um die Feuerstelle hockten, weil sich dort die saftige Mammuthaxe drehte und schöne Geschichten erzählt wurden. Und weil das lodernde Feuer die ebenfalls hungrigen Säbelzahn-Geier fernhielt. In den heutigen Zeiten funktioniert diese Nummer sogar noch mit elektronischer Dunstabzugshaube, vier Induktionskochzonen und zerkratztem Ceranfeld. Ein Drittel aller Deutschen nennen die Küche ihren Lieblingsraum im Haus, wussten Sie das? Aber warum knubbeln sich da alle? Meine Vermutungen:

- wer sich gern an den Häppchen labt, möchte schließlich auch wissen, unter welchen hygienischen Bedingungen sie zubereitet wurden;
- wer in der Küche steht, demonstriert damit, dass er quasi zum Haus gehört und viel dicker mit den Gastgebern ist als die Plebs im Wohnzimmer;
- auch wenn nämlicher Gastgeber längst in Essig liegt, steht da immer noch einer: der Kühlschrank; und wer den im Blick behält, der weiß immer, wo die letzten kalten Biere versteckt sind (selbstverständlich nur für den innersten Kreis);
- in der Küche muss man nicht schon wieder Adeles „Skyfall" hören. Oder ausprobieren, wie das Headbanging bei „I can get no" ohne Haare funktioniert;
- außerdem gibt es offenbar eine beträchtliche Zahl von Mitmenschen, die den Anblick schmutziger Teller, auf denen der Kartoffelsalat eine chemische Verbindung mit Papierservietten eingeht, attraktiv finden;

– man kann hier, manchmal, noch rauchen, ohne dass einer die Polizei ruft;
– und es ist hier so gut wie garantiert, dass man von lustigen Geburtstagsdarbietungen, Reden, Reimen, Urlaubs-Dias und „Das war unser Heinz, als er noch"-Retrospektiven verschont bleibt.

Und dann steht da natürlich immer ein Typ Gast in der Küche: der so tut, als wolle er beim Abspülen helfen, aber in Wahrheit nur ein lausiger Smalltalker ist. Dieser Typ ist nur unter Androhung körperlicher Gewalt auf Kommando lustig. Bei ihm lösen die klassischen Initiations-Fragen wie „Na?!" oder „Und sonst?" traditionell eine akute Hirnlähmung aus. Also isst der Küchensteher den ganzen Abend Häppchen, bis ihm schlecht wird, weil er ja mit vollem Mund nicht sprechen muss, und wenn denn doch, dann reicht ihm locker eine geistreiche Einlassung wie „Lecker!" Und die Häppchen, die stehen nun mal immer – wo? – Erraten!

Wenn man das alles in Ruhe bedenkt, dann formuliert sich der Auftrag an die Architekten von heute praktisch von alleine: Schleift die Wohnzimmer! Wir brauchen keine Einbauküchen oder Küchen-Einbauten, wir brauchen Ein-Küchen-Bauten!

Meine ultimative Pasta

Na gut, weil Sie es sind. Und weil einige ganz Verwegene unter Ihnen wie Herr Menrath aus Duisburg, aber auch eine charmante Kabarettistin aus Oberhausen mich so nett gebeten haben, es herauszurücken. Da rück ich heute eben mein mördermäßiges Thunfischpastarezept heraus, und ich sage Ihnen: Mit diesem Rezept muss die Geschichte der abendländischen Thunfischpasta neu geschrieben werden.

Ich will ja nicht angeben, aber: Es wird vor Ihrem Haus zu Aufläufen, Volksaufläufen kommen, wenn dieser Gaumentraum aus dem Küchenfenster duftet. Und dem Mälzer und dem Schuhbeck und dem Lafer und all den anderen werden Tränen in die Augen steigen, die Gurus des Garens werden gar zu gurren geruhen, wenn Sie davon hören. So einfach und doch so raffiniert, so bodenständig und doch so schmackhaft kann das Kochen sein. Und, versprochen, Sie müssen dafür nicht die halbe Stadt nach sauteuren Zutaten abgrasen, von denen Sie 98 Prozent vorher nicht kannten und 99 Prozent nie mehr im Leben wieder verwenden werden. Und sie brauchen weder Klimmzüge an der Dunstabzugshaube zu machen noch ein Examen in Chirurgie.

Genie, hat mal einer gesagt, besteht darin, auf etwas Selbstverständliches als Erster zu kommen. Und wer hat Ihnen das gezeigt? Ich.

Also: Küche, Herd, Topf. Des weiteren: 4 Zehen Knoblauch, eine Flasche passierte Tomaten, 6-8 Sardellen-Filets, eine halbe frische Chilischote oder 3 getrocknete Peperoncini. Zwei Dosen – oder sollte ich sagen Dosis? – Thunfisch mit oder ohne h im eigenen Saft oder in Öl. Wenn in Öl, dann reichen fürs Anschmoren zwei Esslöffel Olivenöl, sonst nehmen Sie drei.

Noch was? Jau! Zwei Handvoll schwarze Oliven ohne Steine. Und, ganz wichtig, mindestens ein Bund frische Petersilie. Und, genauso wichtig, gekörnte Gemüsebrühe! Ein bisschen Salz und schwarzer Pfeffer bei Fuß – damit lässt sich immer noch Geschmack nachschminken.

So.

Ach so. Also: Knoblauch mit den Sardellenfilets schreddern, beides in Olivenöl anschmurgeln, aber darauf achten, dass der Knoblauch nicht anbrennt, das heißt: rühren, rühren, rühren. Dann in feinste Streifen geschnittene Chilischote hinzufügen und rühren – oder kleingehackte Peperoncini (ohne Samenkörner).

Dann den Thunfisch dazugeben und ebenfalls rühren, rühren, rühren. Dann passierte Tomaten einrühren, rühren, rühren und mindestens einen gehäuften Teelöffel gekörnte Brühe dazugeben. (Wetten, dass es spritzt? Ich empfehle dringend ein Spritzgitter! Zu spät? Das tut mir jetzt aber leid.)

Nun die feingehackten schwarzen Oliven reinbröseln, und jetzt kommt der Clou: die Petersilie. Die ganze Symphonie hängt echt an der blöden frischen Glattpetersilie. Ich empfehle, die Hälfte des Bunds feingehackt eine dreiviertel Stunde auf kleiner Flamme mitkochen zu lassen (was das Minimum ist!) und die andere Hälfte zum Schluss zugeben. Noch ein Tipp: Sollte die ganze Sauce allzu dick werden, geben Sie einfach ein bisschen Wasser dazu und weitere Brühe. Sollte alles zu wässrig geraten, wirkt Tomatenmark Wunder.

Dazu passen, finde ich, am besten Penne rigate oder Penne lisce, das heißt, entweder geriffelte oder glatte Penne-Nudeln. Und aufgewärmt ist es auch ein Hammer. Es wirkt von November bis März als Antidepressivum und ist wahrscheinlich sogar potenzsteigernd. Mein Rezept sollte es auf Rezept geben! Natürlich ist es geklaut – aber ich weiß echt nicht mehr, von wem. Außerdem hab ich's schwer verfeinert, das Rezept. Noch was? – Ja. Das Auge, das ja mitisst, würde, wenn es nicht auch mitröche, meine Pasta wohl liegen lassen, denn es sähe nur eine rosagrünbeige Pampe mit schwarzen Pigmenten. Aber der Duft ist unwiderstehlich. Und: Dieses Gericht macht NICHT DICK! Wenn man es isst, nimmt man fast soviel ab, wie wenn man es nicht isst. Probieren Sie's mal!

Da haben wir den Kartoffelsalat

Ich bin mir ziemlich sicher, dass noch nie jemand eine ganze Kolumne über Kartoffelsalat geschrieben hat. Und ich weiß auch warum: weil man dabei alles nur falsch machen kann. Was heißt „man" – Sie! Denn es gibt bei Google 182.577 Eintragungen für Kartoffelsalat-Rezepte (gegenüber nur 16 Migräne-Arten), aber nur einen wahren Kartoffelsalat. Nämlich den von Tante Margot.

Tante Margot ist ja nun nicht mehr, leider. Bei ihr habe ich mich damals, 45 Jahre her, unterm Küchentisch versteckt, nachdem ich versucht hatte, in der Sursstraße zu Essen-Altendorf auf dem Schlafzimmerschrank meiner Eltern Weihnachtsgeschenke – sagen wir mal: – zu recherchieren. Und dabei abgestürzt war; mit dem Hintern in der großen Schlafzimmer-Thermopendoppelscheibe landete; gesehen hatte, wie die Scherben auf den neuen Mercedes von Dr. Richter regneten und eine erste Ahnung bekam von dem, was das sein könnte: Herzinfarkt.

Ich bin dann innerlich wie hosenbodentechnisch zerrissen aus dem Haus gebüxt, übern Ehrenzeller Markt, schräg über die Demarkationslinie Altendorfer Straße geflüchtet bis in die Siemensstraße 50, wo ich aufgewachsen war und Tante Margot mit Familie immer noch wohnte. Hab dort sinngemäß „Asyl" gesagt und bekommen und mich unterm Küchentisch versteckt vor Prügeln, die ich nie bekam. Bis mich meine besorgten Eltern abholten, gab es Trost, beruhigende Worte, Limo, Würstchen und – Kartoffelsalat. So hat sich Tante Margots Kartoffelsalat als Sinn und Frieden stiftende Mahlzeit für alle Zeiten in meiner Kinderseele verewigt. Und ich habe das Rezept. Von Mama.

Ich weiß, der Johann Lafer kann auch einen. Er nimmt 600 g festkochende Kartoffeln,100 g durchwachsener Speck (in Scheiben), 2 Zwiebeln, 50 g Butter, 50 ml Weißweinessig, 150 ml Kalbsfond, 1 El mittelscharfen Senf, 50 ml Sonnenblumenöl, 3 Zweige glatte Petersilie und – aufgepasst! – „Kalahari Salz, weißen Bio Malabar Pfeffer aus der Mühle", und das dürfte wohl auch ganz gut schmecken.

Vielleicht ähnlich wie der „gesamtdeutsche Kartoffelsalat", der pikanter Weise mit ziemlich französischem Marc de Champagne und Dijon-Senf angerichtet zu werden hat. Besser jedenfalls als die schwäbische Variante, die ich während meiner Studentenzeit in München von meinem Stuttgarter Mitbewohner Martin zu ertragen hatte. Der machte den Salat mit Brühe an und mit Gurken. Bäh!

Dass der Kartoffelsalat an sich nichts Vulgäres ist, sondern geradezu poetische Stärke besitzt, beweisen etliche Gedichte, die ihm namhafte Autoren gewidmet haben. Ich habe sie aus dem Büchlein „Sei mir gegrüßt, du liebes Sauerkraut" geklaut, das im Verlag Schnell erschienen ist und ich allein des Titels wegen gekauft habe. Wenn man einzelne Strophen herauspellt, kommt ein achtbares Rezept zustande. Beginnen wir mit dem „Gesang der Frühkartoffel" von Fred Endrikat, worin es heißt:

„Wie herrlich, wenn sie uns entgegenrollt / Frisch aus der braunen warmen Erdenscholle. / Sie ist uns mehr als blankes Gold. / Es sei ihr unser Gruß und Dank gezollt / Der lehmbeklebten Frühkartoffelknolle ..."

Köstlich, oder? Oder die dramatisch-hymnischen „Abschiedsworte an Pellka" von Joachim Ringelnatz:

„Jetzt schlägt deine schlimme Stunde,
Du Ungleichrunde,
Du Ausgekochte,
Du Zeitgeschälte,
Du Vielgequälte,
Du Gipfel meines Entzückens ..."

Und Wilhelm Busch hatte auch noch was auf der Pfanne. Das:

„Sodann, wenn Tränen auch ein Übel / Zerstückelt sie und mengt die Zwiebel / Mit Öl und Salz zu einer Brühe / Dass der Salat sie an sich ziehe / Um diesen ferner herzustellen, / hat sie Kartoffeln abzupellen ...".

Tante Margot hat nicht gereimt, aber ihr Kartoffelsalat war ein Gedicht. Dazu mixt man einen Teelöffel Salz, Pfeffer, paar Spritzer Maggi mit einem Esslöffel Senf und quirlt das nach und nach mit Öl per Zauberstab zur lebensnotwendigen Mayonnaise. Mit Essig und kleingehackten Zwiebeln hebt man sie unter die Kartoffeln und gibt zum Schluss ein klein wenig Wasser dazu. Dann schlotzt es besser. Und dann haben wir den Salat. Und der ist Spitze!*

---

* Siehe hierzu unbedingt Seite 82

Zutschini für alle!

Bevor ich heute auf meinen vielfachen Wunsch hin ein weiteres italienisches Geheimrezept veröffentliche, muss ich kurz mal was klären: Italienische Gerichte können nur gelingen, wenn man die Zutaten richtig ausspricht. Das ist so. Und ich erkläre ihnen auch warum.

Sie erinnern sich an die Automarke Auto Bianchi? Das war mal eine sympathische italienische Automobilmarke mit Sitz in Mailand und Werk in Desio, die von 1955 bis 1995 existierte. Im Jahr 2014 sollte sie nach Absatz- und anderen Schwierigkeiten vom Mutterkonzern Fiat wiederbelebt werden und als Billigheimer überleben. Das hat aber nicht geklappt. Nicht weil die Autos nach drei Regentagen durchrosteten, sondern weil man sie in Deutschland immer falsch aussprach. Mein alter Freund Ralf, der demnächst 60 wird, der alte Sack, hatte Anfang der 70er-Jahre auch mal einen. Einen beige-farbenen „Auto Bianschi". Mit dem wären wir fast mal noch im Hellen bis zum Möhnesee gekommen, wenn wir nicht alle 15 Minuten hätten anhalten und alle Mann hoch in den Motorraum pusten müssen, weil der Motor kochte. Und weil wir eben „Auto Bianschi" sagten statt „Auto Bianki" wie es richtig gewesen wäre, weil im Italienischen ein h hinter einem c zwingend ein k auslöst.

Wir wussten das damals nicht, aber wir aßen ja auch „Gnotschis" statt N-jocki und Schpagghetis statt S-pagghetti, was aber erstaunlicherweise nur den Untergang des Abendlandes, nicht aber den Zusammenbruch der Pasta-Industrie zur Folge hatte.

Immerhin, das Risiko war da, und darum müssen Sie mir jetzt versprechen, dass Sie mein Zucchini-Rezept richtig im Munde führen, das heißt, dass Sie „Dsuckine" essen werden und keine „Zutschini" wie mindestens fünf Sterneköche im Fernsehen. Also: eine „zucca" (sprich dsucka) ist ein Kürbis. Eine „zucchina" ist, das liegt am alles verkleinernden „ina", ein kleiner Kürbis.

Für meine Pasta „zucchine alla menta" brauchen sie ab jetzt kein Wörterbuch mehr, sondern zunächst mal die richtigen Nudeln. Hier sind die „farfalle" zwingend notwendig. Warum weiß ich zwar auch nicht, aber kaufen Sie lieber Schmetterlings-Nudeln, die gibt es mittlerweile überall.

Alsdann benötigen Sie, Überraschung!, zucchine. Aber, bitte, nicht die dicken, salatgurkengroßen Oschis, sondern möglichst die daumendünnen. Die sind weniger wässerig, haben mehr Aroma und bleiben auch nach dem Anbraten schön knackig. Die kleinen zucchine sind nicht so leicht zu finden, das weiß ich ja, aber Sie sollten es in jedem Fall versuchen. Es gilt: je kleiner, desto besser. Die zucchine schneiden Sie in halbzentimeterdicke Scheiben. So.

Dann erhitzen Sie Olivenöl in der Pfanne und lassen darin zwei bis drei zerdrückte Knoblauchzehen leicht anbraten. Wer's ein bisschen pikant mag, möge eine Chilischote hinzufügen (übrigens „Schilischote", nicht „Kilikote". Ist ja nicht Italienerin, sondern Südamerikanerin, und die Italiener sagen „peperoncino" dazu) und mit im Öl schmurgeln lassen. Dann Knofi (sprich „alljo", nicht „aklio") und Chili rausnehmen und Zucchinischeiben reintun. Bisschen salzen, anrösten, bis sie ansatzweise braun sind. Dann die heißen, bissfest gekochten Farfalle dazugeben und – Achtung! – mit mindestens zwei Handvoll feingehackter frischer Minze durchmischt im Öl schwenken. Das Ganze mit schwarzem Pfeffer und tüchtig geriebenem Parmesan servieren.

Dieses Gericht ist ideologisch einwandfrei, preiswert und echt lecker. Und wenn alles gelungen ist und alle glücklich sind, trinken wir darauf ein schönes Glas Prosetscho!

Polpette al Olivengarage

Warum sollte ich wieder mal ein italienisches Rezept veröffentlichen? Ja, warum bloß? Weil mir Millionen hungriger Leser schon seit Monaten mit dem Kochlöffel und mit Liebesentzug drohen, weil sie schon lange vergeblich auf ein leicht zu kochendes, möglichst preiswertes, dabei schmackhaftes Mittagessen für die ganze Familie warten! DARUM!

Diesmal müssen Vegetarier, Veganer und Menschen mit schwerer Tomatenallergie leider weglesen oder etwa bei der Hälfte mit der Lektüre aufhören, nämlich dann, wenn das Hackfleisch ins Spiel kommt. Bis dahin kochen wir aber für die Polpette al sugo al Olivengarage eine stinknormale Tomatensauce, die je nach Geschmack und Mut aber auch mehr oder weniger ins Rabiate drehen kann.

Also: Zunächst hacken wir eine Zwiebel möglichst klitzeklein, desgleichen mindestens zwei Knoblauchzehen. Die geben wir in einen Kochtopf mit heißem Olivenöl (ein, zwei Esslöffel sollten ausreichen), das aber nicht zu heiß werden und qualmen darf, damit wir noch den Nachtisch erleben (den es aber bei mir heute nicht gibt).

Die Zwiebeln und der Knoblauch sollten glasig sein, wenn wir die Tomaten dazugeben. Ich schlage für zwei Personen einen große Dose mit gehackten Tomaten vor, die ich neuerdings immer nehme, frische machen beim Abbrühen, enthäuten und Entkernen zu viel Arbeit und kosten viel Zeit, um den Wasseranteil rauszukriegen. Und die Passierten aus der Dose oder der Flasche finde ich in der Regel weniger fruchtig.

Das Ganze wird mit ordentlich Salz, Pfeffer und einer kleinen Prise Zucker gewürzt, wer den Geschmack von Thymian und Oregano mag, kann auch je ein Löffelchen davon dazugeben. Muss aber nicht sein. Ebenfalls kein Muss ist die kleinstgehackte rote Chilischote oder das Chili-Granulat, mit denen, wie Tim Mälzer sagen würde, der th-ugo „den richtigen Bum-th" bekommt.

Muss aber nicht, wie gesagt.

Während die Tomaten köcheln, verarbeitet man ein halbes Pfund Hackfleisch (die Italiener nehmen pures Rinderhack, ich bevorzuge das gemischte) mit vier Esslöffeln geriebenem Parmesan, einem Löffel Paniermehl und kleingehackter Petersilie (oder Basilikum) zu möglichst kleinen Klößen.

(Nein, kein Ei!)

Die Klößchen (polpette, ganz kleine sind polpettine, ganz, ganz kleine polpettinetti, ganz, ganz, ganz, ganz kleine polpettinettini) brät man in einer Pfanne an, aber nicht durch und gibt sie, möglichst ohne zu kleckern, in den blubbernden duftenden Tomatensaucentopf. Darin sollten die polpette noch mindestens eine gute Dreiviertelstunde sanft vor sich hin köcheln. Das Gute daran ist, dass die Klößchen die Sauce aufsaugen und schön tomatig werden und die Sauce das Fleischaroma aufnimmt.

Dann ist das Essen, eine schöne und ohne allzuviel Chili extrem kindertaugliche Alternative zum guten alten Bolognese-Klassiker, eigentlich fertig – falls Sie nicht vergessen haben, irgendwann Spaghetti zu kochen. Wobei die eherne Pasta-Regel natürlich auch hier gilt: Die Sauce wartet immer auf die Nudeln, niemals umgekehrt!

Nun gehe ich zwar schwer davon aus, dass Sie alles aufessen werden, aber für den Fall, dass nicht, sag ich Ihnen, dass man für sie besonders schwärmt, wenn sie wieder aufgewärmt. Buon appetito!

Grillen ist Macht

Sie müssen sich das so vorstellen. Die Reste unserer morschen, soeben frisch zusammengekrachten Holzterrasse glühen, und Familie Bartel sitzt schnaufend, grunzend und brabbelnd im Kreis um die Glut herum. Alle tragen rustikale, aber durchaus kleidsame Freizeit-Felle um die Lenden und die Hintern, auf denen sie hocken. Ab und zu lässt sich ein Kind zur Seite sinken, um der Mutter das Lausen zu erleichtern. Nur Vater Bartel steht krummbeinig zwar, doch halbwegs aufrecht, er hält triumphierend einen langen Stock in die Glut, auf dem ein blutiges Stück Fleisch steckt, das vor Stunden noch munter durch die grüne Heimaterde gehüpft ist, jetzt aber zischelnd mit dem Feuer spricht.

Überall hört man es brutzeln, kann aber nichts sehen: Zwischen Himmel und Erde hängt schwerer Rauch wie ein Sack in der Luft, der den Atem nimmt, den Blick versperrt und die Geräusche dämpft. Nur ab und zu quillt aus dem dichten Nebel ein Husten oder ein langgezogenes UUUUAAAAAAH!, das durch Mark und Bein dringt. „Schon wieder Fliegeralarm?“ flüstert es aus dem Irgendwo. „Warum greifen die Tommies den TSV-Heimaterde an?“

„Nein“, raunt es beschwichtigend zurück: „Da ist nur eine Bratwurst fertiggeworden!“

Womit wir beim Thema wären. Warum grillen Männer? Wohingegen Frauen lieber Salat schnippeln? Wieso fühlen sich selbst Männer, die normalerweise nicht mal Wasser kochen können, auf einmal begeistert für das Abendessen zuständig und machen Gesichter wie Paul Bocuse?

Seriöse Kulturhistoriker haben festgestellt, dass das von ganz von früher kommt. Gaaanz früher, müssen Sie wissen, war der Herr hauptberuflich fürs Kindermachen, Kriegen und Jagen und die Dame fürs Kinderkriegen, Sammeln, Hüten und den Salat zuständig. Wobei gerade der virtuose Umgang mit dem Feuer, wenn‘s um die Wurst ging, sowie die spätere Verteilung des Hauptnahrungsmittels Fleisch anno Urzeit seine Machtposition anzeigte. Was Urururuhoma davon hielt, weiß man nicht, aber Urururuopa stand im Ruf, nichts anbrennen zu lassen. Jedenfalls ist die Fleischgewinnung und -verarbeitung bis heute eine Männerdomäne, was man auch daran erkennen kann, dass es kaum Schlachteusen und Jägeressen gibt; ich muss allerdings einräumen, dass moderne Männer wie ich mittlerweile gerne darauf verzichten, die wilde Bratwurst selber bei Edeka zu erlegen.

Übrigens erwäge ich, meinen einschlägigen Talenten künftig mehr Raum zu geben als bisher und die Grillerei etwas professioneller zu gestalten, vielleicht sogar sportlich, was der Rückeroberung meiner Figur entgegenkommen müsste. Kurzum: Vor die Alternative gestellt „Grillen oder Sport" überlege ich, in einen Grillsportverein einzutreten. – Doch, den gibt es. Wer sich über ihn oder die zurzeit genau 4033 (!) grillsportvereinslich registrierten Grillrezepte informieren will, kann bei www.grillsportverein.de nachgucken. Auf der Website ist viel Wissenswertes über diese Männerpassion zu finden, etwa über den Kugelgrill: „Das indirekte Grillen mit dem Kugelgrill ist leider noch viel zu unbekannt", heißt es da, und schon ist der Appetit auf mehr geweckt.

Zum Beispiel auf die deutschen Grillmeisterschaften, die in diesem Jahr unter dem Motto „Alte Roste lieben nicht" stehen und wo eventuell Mannschaften antreten, denen ich schon wegen ihrer tollen Kampfnamen den Schweinerücken stärken muss. Da gibt es nämlich „Die Feuertänzer" und „Die Flammenbändiger" und natürlich „Hans Wurst und die Spießgesellen", vorneweg aber die „Royal Speckfürsten", die von der Papierform her für mich die klaren Favoriten sind. Neben „Brat Pitt" natürlich.

Leider habe ich zurzeit ein Problem. Wenn das Wort Bauchspeck fällt, denke ich nicht ans Grillen, sondern ans Hungern. Das ist so seit dem Morgen, an dem ich mich seitlich statt frontal vor den Badezimmer-Spiegel gestellt habe.

Ich hatte immer schon Grillen im Kopf.

Kinder, Kinder

Wundersame Hirnmehrung

Gegen das, was sich seit längerer Zeit in der Bildungsrepublik Deutschland abspielt, ist die die Speisung der 5.000 ein eher kleiner Zaubertrick. Ich erkläre Ihnen das: Aus meiner Altendorfer Volksschulklasse, ich meine, wir waren 36 Kinder, gingen damals genau vier aufs Gymnasium: der Wolfgang, der Michael, ich und ein Mädchen, an dessen Namen ich mich nicht mehr erinnern kann, nur noch an ihre blonden Zöpfe. Heute gehen nicht nur über 50 Prozent eines Jahrgangs Richtung Abitur, es werden auch ihre Noten immer besser. Was ist denn da passiert – ein Bildungswunder? Hat Gott der Herr Hirn vom Himmel geschmissen? Oder waren wir damals generationsspezifisch blöd?

Oder das Bildungswunder ist gar keins und geht so: Der Lehrer gibt gute Noten, denn dann sagen die Eltern, er sei ein guter Lehrer und der Direktor sagt das auch. Der Direktor ist ein guter Direktor, wenn er mit seiner guten Schule beim Schulrat angeben kann. Der Schulrat glänzt seinerseits mit seinen guten Schulen bei Regierungspräsidenten und beim Bildungsminister, der damit den Ministerpräsidenten glücklich macht. Der freut sich, weil die Bildungspolitik seines Landes gegenüber den anderen Bundesländern so gut dasteht; Beweis: die guten Noten. So lügen sich alle was in die Tasche, aber alle sind glücklich. Der Nachteil besteht darin, dass die Universitäten platzen und man demnächst, um Friseur zu werden, ein Einser-Abitur nachweisen muss.

Aber Deutschland braucht nun mal Akademiker, und zwar fixfix, und die werden jetzt fixfix produziert: per Turbo-Kita, Turbo-Abi und Turbo-Uni. Auch wenn ich manchen alten Malermeister kenne, der besser lesen, schreiben und rechnen kann als die meisten Bätschelors an der Uni Duisburg-Essen. Und die schöne neue Bildungswelt wird immer schöner: Demnächst wird wohl auch bei uns in NRW das Sitzenbleiben abgeschafft. Na, meinetwegen, ich kann nur sagen: Ich freue mich von Herzen für die Schüler, aber gleichzeitig nagt an mir auch ein bisschen der Neid. Denn für mich kommt das zu spät. Ich erinnere mich an zu viele ehemalige Mitschüler, intelligente Jungs und Mädchen, die damals von Schulen geflogen sind, in die man sie heute mit der Pistole oder Handgeld hineinbitten würde.

Als ich Mitte der 60er aufs Gymnnasium ging, eines in Essen-Frohnhausen, schien dessen Hauptaufgabe im Aussieben zu bestehen. Einige Lehrer gaben das auch zu: „Ich mache euch der Fairness halber darauf aufmerksam, dass ein Drittel von euch das Klassenziel nicht erreichen wird“, sagte ein verbeamteter Zyniker, der mit Mathe und Physik die Killer-Kombination unterrichtete und eiskalt praktizierte. Er zeigte uns täglich, wie angewidert er von unserer Blödheit war. Und so kam es dann auch: Ein Drittel blieb regelmäßig kleben. In der neunten Klasse erwischte es auch mich, und es war eine Tragödie. Zwar sang niemand mehr das hässliche „Sitzenbleiber-Kartoffelreiber“, aber ich habe mich in Grund und Boden geschämt und erinnere mich an Albtraum-Serien und Magenkrämpfe. Im Jahr der „Ehrenrunde“ war ich weder schlauer noch fleißiger geworden, nur im Zwischenreich von Angst und Langeweile etwas abgeklärter und kam so gerade noch durch. Danach wurde es allmählich besser, ich erwischte zum Glück ein, zwei Lehrer, die Schüler nicht hassten, und habe noch ein ganz passables Abitur gemacht.

Natürlich nicht so eins wie Rosa. Die hat ja in Mülheim-Heißen einen 1,1-er-Schnitt hingelegt und muss jetzt zur Strafe Medizin studieren. Sie ist ja auch ein kluges Mädchen, das würde nicht einmal ihr Bruder völlig abstreiten, und wir waren natürlich oberstolz auf sie und unsere Gene. Aber so ein gewisses blödes Gefühl, das bleibt.

Sie sind aus dem Haus

Wenn erst die Kinder aus dem Haus sind ... Kennt man ja, den Seufzer. Aber was ist denn, wenn die Kinder aus dem Haus sind? Dann sind die Kinder aus dem Haus, und das Haus ist irgendwie unbehaust. Aber aufgeräumt, immerhin. Da liegt nichts mehr rum, außer vielleicht man selbst auf dem Sofa und denkt an die Kinder und die schönen Zeiten, als überall Schulhefte, Handys und Klamotten herumlagen und man noch dachte: „Wenn erst die Kinder aus dem Haus sind ...!" Jetzt fragt man sich zuweilen, was man heute machen soll mit der Zeit, die man früher hinter ihnen hergeräumt oder mit Schimpfen zugebracht hat.

Meine machen ja nun in eigenen Wohnungen Unordnung. Das heißt – eigentlich nur Rosa. Rosa kommt nämlich nach mir und ist ein Schlönz. Jan ist eher Minimalist und ein Pingel. In seiner blitzeblanken kleinen Kranenburger Bude unterm Dachjuchhe steht und liegt nichts herum. Weil es ja verstauben könnte. Eigentlich ist da gar nichts drin außer einem immer gemachten Bett und geputzten Fenstern; ich bin mir nicht einmal sicher, ob sich zwischen Decke und spiegelndem Fußboden Moleküle aufhalten. Und wenn, wären sie keimfrei. Oder er würde sie sofort wegräumen, wohin, das weiß kein Mensch.

Rosa kann alles ordnen: Gedanken, Informationen, Emotionen, aber keine Dinge. In ihrer Studenten-WG in Kreuzberg sieht es ziemlich haargenau so aus wie damals in meiner im Münchner Dreimühlenviertel. Hätte ich damals nicht den schwäbischen Meisterschrubber Martin und die antiseptische Petra gehabt, die wir respektvoll „die Perle" nannten, wäre ich auf meinen zehn Quadratmetern München verschütt gegangen, hoffnungslos verschollen zwischen Büchern und alten Socken. Und unsere Küche wäre zum Katastrophengebiet erklärt worden. Und unser Badezimmerchen – nein, das wollen Sie nicht wirklich wissen.

Ich habe mich im Laufe meiner Ehe erheblich steigern müssen, weil mich meine Gemahlin sonst mit dem Mopp erschlagen oder zum Sperrmüll gepackt hätte. Aber als ich endlich einigermaßen gesellschaftsfähig war, kam nun mal Rosa und versteckte all ihr Hab und Gut, wo es jeder sehen konnte. Sie ist eigentlich grundbescheiden und spielt sich nicht groß in den Vordergrund; dennoch pflanzt sie mit all den Plörren überall ihre Hoheitszeichen auf. Ich habe den stillen Verdacht, dass sie die Welteroberung plant.

Gestern erst habe ich ihr übers Internet einen sogenannten „Link“ geschickt: www.ordnung-ist-möglich.de. Aber vermutlich liegt der längst irgendwo begraben unter ihren Jacken und Skripten und Hosen und „Ruhrpott“-Bommelmützen ohne Bommel. Ihre Grundordnung ist zwar extrem freiheitlich, aber wenig demokratisch, es sei denn, man meinte damit die Aufhebung jeglicher Hierarchie in der Welt der Dinge.

Früher habe ich mir darüber Sorgen gemacht. Weil ich schließlich als Erziehungsberechtigter mir erziehungsberechtigte Sorgen zu machen hatte, ob ein Mensch, der in der Kolumbusstraße einszweidrei solches Chaos produziert, jemals sein Leben auf die Kette kriegen kann. Oder gar imstande ist, für eine bessere, gerechtere Weltordnung zu sorgen (wie es ja die verdammte Pflicht der nächsten Generation ist!). Allein, wie soll das gehen, wenn Leggins auf dem Fernseher liegen, Taschentücher auf der Treppe und Portemonnaies auf der Fensterbank?

Aber sie fühlt sich wohl im Tohuwabohu, improvisiert großartig und findet, im Gegensatz zu meinem ordentlichen Sohn, immer alles wieder. Und ich habe die Erfahrung gemacht, dass Chaos, das in 550 Kilometern Entfernung stattfindet, mich doch um einiges kälter lässt als das im Wohnzimmer.

Oder mein eigenes.

Die Kinder grüßen

Er ruft nicht allzu oft an, mein eingeborener Sohn. Und wenn er anruft, kündet er meistens von seinen studentischen Triumphen dort im fernen Nijmegen, wo der Holländer haust. Beziehungsweise der Gelderländer, was ja auch besser zu den hohen Mieten an der Waalbrücke passt. Wie gesagt: Meistens kündet er von Triumphen bei Klausuren, „Tentamen" oder einem „toespraak", was die dort zu einem Referat sagen.

Meistens, nicht immer. „Vatter, ich hab 'ne gute und 'ne schlechte Nachricht für Dich", sagte er mir am Telefon.

Ok, die gute ...

„Wenn ich mich gescheit auf die Ethik-Klausur vorbereitet hätte, wäre das für mich ein Klacks gewesen ...", orakelte er offenbar bester Laune, und schon wollte ich die schlechte gar nicht mehr wissen.

Ich darf das übrigens nur erzählen, weil er mir ausdrücklich erlaubt hat, etwas über ihn zu schreiben. Er ist überhaupt freundlich und locker geworden, irgendwie, seitdem er fern der Heimaterde in der Fremde wohnt. Er studiert mit staunenswertem Fleiß und (darum nicht ganz so staunenswertem) Erfolg. Organisiert sein Leben und sein Studium, steht selbsttätig lange vor der Abenddämmerung auf, putzt, wäscht, kocht wie ein Viersterne-Weltmeister und kriegt sogar die Zähne auseinander. Ich habe ihn, meine Schuld, gewiss, früher nicht immer verstanden, meinen Sohn. Das ist jetzt anders. Was zweifellos an meiner gewachsenen Reife liegen dürfte, vielleicht aber auch ein kleines bisschen daran, dass er nun schon etwas länger mit einer frisch gebackenen Logopädin zusammen ist. Bildhübsch, anmutig, klug, ein Schwiegervätertraum. Ein Schweigervätertraum, pardon.

Er dagegen sieht zurzeit aus wie ein Taliban. Wie ein netter Taliban allerdings. Einen dunklen Wuschelbart trägt er jetzt, obenrum hält er sich kurz, und ich halte mich raus wie immer. „Über Haare soll es zwischen mir und meinen Kindern niemals Streitereien geben", habe ich Langhaariger a.D. mir einst geschworen. Nie sollte ein „Aber gepflegt müssen sie sein" oder etwas ähnlich Haarsträubendes über meine Lippen kommen, und ich habe mich dran gehalten. Zumindest fast. Nur als er vor drei Jahren auf einmal blond daherkam, hellblond an Bart und Haupthaarspitzen, mag ich einmal kurz aufgeseufzt haben. Aber das lag mehr an der Friseurrechnung, die mindestens so extravagant anmutete wie sein neues Erscheinungsbild.

Auch zwischen Rosa und ihm ist mit der Distanz die Nähe gewachsen. Meine Große, die ja um ein Haar wegen des verdammten Physikums ihr Medizinstudium geschmissen hätte, fühlt sich, seitdem nicht nur Biochemie und Körperteile (wir haben allein 206 verschiedene Knochen und 10 Billionen einzelnen Zellen, die sie alle beim Vornamen nennen kann) gepaukt werden müssen, in Berlin und in weißen Kitteln pudelwohl. Bald fängt bei ihr die erste „Famulatur" an. Das sagen die zu studentischen Praktika an Krankenhäusern oder in Arztpraxen. Ich hätte ja zur Radiologie geraten oder sonstwas Unblutigem, aber mein Röschen ist da anders. Nachdem sie ja schon vor dem Studium in die Essener Neurochirurgie hineingeschnuppert hat („Papa, habe gerade ein Gehirn gesehen, geil!" – „Bitte keine Details, Sauerbruch!"), wird sie ein Praktikum in der Chirurgie antreten.

Wir hätten es ahnen können, als sie, während Jan leicht grün angestrengt wegguckte, in Apulien ihren ersten Fisch ausgenommen hat. Das war nicht die Arbeit eines Kochs, das war pure Freude am Messer, pathetische Pathologie. Warten, warten wir nur ein Weilchen, dann freuen wir uns gemeinsam auf einen sympathischen Diplompsychologen, vielleicht mit blauem Rauschebart, und Dr. Rosa the Ripper.

Genau richtig alles falsch gemacht

Vermutlich haben wir alles falsch gemacht mit unseren Kindern: Wir haben sie nicht schreien lassen bis sie luftlos waren, um ihre Lungen zu stärken; wir haben sie, wenn sie Albträume hatten, in unser Bett geholt; wir haben mittags nicht in sie hineingezwungen, was auf den Tisch kam, schon gar nicht Spinat (bäh!); wir haben sie mindestens dreimal um den Globus zum Sport und zu Freunden gefahren, obwohl sie beide zwei gesunde Beine haben; wir haben ihnen Grenzen gesetzt und die Grenzen wieder versetzt, wenn uns unsere Grenzen an unsere Grenzen brachten; wir waren konsequent inkonsequent und haben sie sicher mehr betüdelt als nötig war.

Eigentlich hätten aus ihnen fade, verwöhnte Scheusale werden müssen, antriebsarm und matt und satt, asozial und anmaßend. Es sind aber Menschen aus ihnen geworden, die ungefähr so sind wie wir: Menschen mit einem Klitzekleinen an der Waffel zwar, aber doch insgesamt erstaunlich lebenstüchtig und alles in allem ganz nett.

Trotzdem werden wir seit einiger Zeit ziemlich heftig beschimpft – nicht persönlich, das jetzt nicht, mehr so allgemein medial – als Erziehungsversager. Da erscheinen fast täglich Kolumnen, Streitschriften und neue Bücher über die Schandtaten von sogenannten „Helikopter-Eltern", die vor lauter Affenliebe immer aufgeregt und überbesorgt um ihre Kinder herumfliegen, sie von jeglichem Ungemach abschirmen und überhaupt an allem schuld sind, vor allem am Untergang des Abendlandes und an den noch viel beknackteren Erwachsenen von morgen.

Natürlich wollten auch wir perfekte Eltern sein und genau die goldene Mitte treffen zwischen Strenge und Gelassenheit, Liebe und Vernunft. Aber wo ist die denn, bitteschön? Und wo lernt man sowas? Außer in Büchern über dämliche Helikopter-Eltern? Die es, als wir allmählich Eltern wurden, noch nicht gab und all die Summerhill-Experimente schon nicht mehr? Wir haben das Genörgel „Müssen wir schon wieder machen, was wir wollen?!" ebenso wenig gehört wie die Kriegserklärung „Ich zieh' aus zu Opa Steele, der mag nämlich Kinder!", die sich meine Eltern von mir anhören mussten, als ich so um die sechs Jahre alt war und wieder keine Erbsen-Pistole zu Weihnachten bekommen hatte.

Stattdessen erinnere ich mich noch genau an Rosas Entrüstung, als sie lernen musste, dass ihr Papa, bekanntlich allwissend und bis zum Abwinken seriös, manchmal ziemlichen Stuss erzählt. Das war der Tag, an dem sie in ihrer Grundschulklasse mit wichtigem Gesicht einen Vortrag darüber gehalten hatte, dass die alten Wikinger drei Arme hatten: einen links, einen rechts und einen auf dem Rücken – zum Winken. Weil sie doch immerzu auf Wiking fahren und ihre Familie verlassen mussten. Und die zwei Seitenarme brauchten, um die Schoten und Ruder auf dem Drachenboot zu bedienen. Und also jedesmal, wenn sie in See stachen, mit dem praktischen Rückenarm winkten, was sich allerdings über die Jahre verlor, nachdem sie das mit den Kaperfahrten einstellten, die ollen Wikinger, und zu braven Norwegern, Dänen und Schweden wurden.

Rosas Mitschüler hatten ungläubig gestaunt, obwohl das doch „der Papa gesagt" hatte, und die Klassenlehrerin hatte sogar klargestellt, dass sie das für ausgemachten Blödsinn hielt. Und Rosa war außer sich gewesen: Was soll aus einem Menschenkind werden, das nicht mal seinem Vater trauen kann?

Ich hoffe mal: eine engagierte, sensible Ärztin, eine gute Mutter und ein heiterer zufriedener Mensch, der die Welt ein klitzekleines bisschen schöner macht als sie vorher war. Trotz dieser schrecklichen Eltern.

Mensch Bartel!

Da ist gutes Rad teuer

Ich mag das Rad nicht. Es wäre besser gewesen, die ollen Mesopotamier hätten was anderes erfunden als ausgerechnet das. Zum Beispiel eine selbstschaukelnde Hollywoodschaukel oder sich selbst fütternde Katzen. Aber es hat ihnen vor 5500 Jahren nun mal gefallen, zwischen Euphrat und Tigris sowie in Gebieten um das Schwarze Meer Scheiben aus Holz zu bauen, die sie als Räder rollen ließen. Und was ist dabei herausgekommen? Außer, dass sie ausgestorben sind?

Fließbandarbeit, hohe Benzinpreise und japsende Hamster. Und das Rädern.

Dabei handelte es sich um eine hier und heute glücklicher Weise aus der Mode gekommene Form der Hinrichtung, die das Mittelalter vorzugsweise Straßendieben, aber auch Mördern und Mordbrennern angedeihen ließ. Es war eine besonders scheußliche Form der Vomlebenzumtodebeförderung, zu der man – das nur nebenbei – auch „radebreken“, also radebrechen sagte, warum auch immer.

Nun befinde zwar auch ich mich im Mittelalter, empfinde aber eine kreatürliche Abscheu gegen derlei barbarische Verfahren, womit bereits ein Grundvorbehalt gegen das Rad an sich gegeben wäre: Es mag ja ordentlich rund gehen, aber mit Vergnügen hat das alles definitiv nichts zu tun.

Aber ich soll ja jetzt partout mit dem Rad fahren, hat der Onkel Doktor gesagt. Damit wieder Luft in Blut und Muskeln kommt. Oder joggen, woraufhin ich ihm sofort erklärt habe, dass ich aus genetisch-moralischen Gründen beim Dummrumrennen keineswegs Glückshormone produziere, sondern einen dicken Hals kriege. Was nicht gesund sein kann.

Das Rad ruft. Das liegt an jener Laufallergie, einem gewissen Trainingsrückstand (zwischen Heldenbrust und Gürtel) sowie an der Erfindung des deutschen Freiherrn Carl Friedrich Drais von Sauerbronn (1785–1851) und seinen Nachfolgern. Herrn von Sauerbronn ist mit seiner „Draisine“ eine Pioniertat auf dem Weg zum Fahrrad gelungen, die er sich meinetwegen hätte schenken können. Schließlich nannte er sie selbst eine „Laufmaschine“, wobei der Betrug darin bestand, dass ja nicht die Maschine, sondern der Mensch ins Laufen kam, indem er, äußerst unkomfortabel zwischen den Rädern sitzend, sich mit den Füßen am Boden abstoßen musste, um voranzukommen.

Was für ein Blödsinn! Wie überhaupt die Erfindung eines angeblich nützlichen Gefährts, das ohne Einwirken seines Fahrers und des (nicht nur in griechischen

Imbissbuden so genannten) „Gyroskopischen Effekts" umfällt und liegenbleibt. Aber die Laufmaschine blieb, bis Mitte des 19. Jahrhunderts Pierre Michaux oder Pierre Lallement die Tretkurbel und damit den Pedalantrieb erfanden. Monsieur Michaux soll das Prinzip übrigens vom Schleifstein abgeguckt haben, was bis heute Fahrradfahrerhintern bestätigen können, denen man längere Strecken im Sattel zumutet. Ich tu das nicht. Die paar Kilometerchen zur Redaktion oder mal zur Kneipe in Rüttenscheid – okay. Aber sobald das Rumgeradel zum Sport wird, passe ich.

Ich bitte Sie: Wir sind doch erwachsen. Wenn man sich ernsthaft aufs Rad setzt, muss man bald auch Radlerhelme aufsetzen und sich mit grimmigem Gesicht in diese quietschbunten Radlerwurstpellen mit den grundalbernen Pampersbuxen zwängen und Hunde, Omas und träumende Hollandradfahrer von den Wegen bimmeln. Windschatten vertreiben. Und dopen. Und, um mithalten zu können, sich ein Rad kaufen, das so teuer ist wie ein Auto, um es dann mit einem Fahrradschloss zu sichern, das so teuer ist wie ein Fahrrad. Gehetzt auf die Stoppuhr gucken, ob der Kilometerschnitt höher ist als gestern. Und das alles, statt entspannt auf der Bank am Rand der Piste zu sitzen oder gedankenverloren in der schönen Welt rumzubummeln. Nein, das Rad ist zwar erfunden, aber definitiv nicht für mich.

Gedanken auf dem Rad

Es ist lange her, da habe ich an dieser Stelle behauptet, dass man eigentlich nicht alt wird – außer außen. Das nehme ich hiermit zurück. Man wird nämlich auch innen alt, also auch da, wo Haut drüber ist: Die Lunge wird schwächer, und die Muskeln altern eben doch. Und nicht nur der Körper verändert sich, sondern auch die Topographie. Früher zum Beispiel war meine Geburtsstadt Essen flach wie der Baldeneysee; heute besteht sie aus lauter Hügeln und fiesen Bergen mit zu vielen Steigungen und lächerlich wenig Gefälle. Ich weiß das, weil ich neulich DOCH Fahrrad gefahren bin. Um meinem Leib- und Magenarzt eine Freude zu machen.

Es war furchtbar. Schon nach ein paar hundert Metern musste ich mir Luft pumpen. Vermutlich habe ich allzu laut, lang und leichtsinnig die Hymne auf den Erfinder des Katalysators gesungen. In den alten bleiernen Zeiten nämlich wäre ich schon an der zweiten Ampel an den Abgasen erstickt. Damit, dass fortwährend Radfahrer einer anderen Rasse – ssssttt! – an mir vorübersausten, bin ich ganz gut klargekommen, und ich hatte auch nichts dagegen, dass ich mit dem Rad an genauso vielen roten Ampeln halten musste wie mit dem Auto. Zwar zerbrach ich mir den Kopf darüber, für welche Art von Fortbewegungsmitteln in Mülheim und Essen eigentlich die berühmte „grüne Welle" geschaffen ist – für Pferdekutschen vielleicht oder für Boden-Raketen –, aber die Regenerationsphasen kamen mir doch alles in allem ganz gelegen. Man kann, das habe ich festgestellt, beim Radeln prima nachdenken, viel besser als im Auto: darüber, wie man die nächste Extremsteigung schaffen soll oder warum man nicht doch den Bus genommen hat.

Und warum manche Fahrradfahrer und Jogger so grimmig dreinsehen, wo doch das Radfahren und Rumrennen angeblich so viel Spaß machen. Es gibt übrigens erstaunlich viele übergewichtige Mitbürger, die radeln, joggen oder walken. Und ich habe da einen schrecklichen Verdacht: Sollten diese Fortbewegungsarten am Ende dick machen? Manche macht jedenfalls das Radeln ganz zweifelsfrei doof. Zum Beispiel diesen Herrn im hautengen Leibchen und mit Uno-Blauhelm, der mir auf MEINER rechten Fahrbahnseite ungerührt entgegenstrampelte. Nun war mir so gar nicht nach Frontalunfall zumute, also beschloss ich, ihn wegzuhupen. Stattdessen machte es nur „binggg!" Was den Mann überhaupt nicht beeindruckte und mich über den Kauf einer Fanfare nachdenken lässt.

Ich hupe nicht gerne, aber ich mag das Hupen. Das kommt von meinen Aufenthalten in Süditalien, wo man sich in geschlossenen Ortschaften beinahe ausschließlich per Hupe grüßt, unterhält, zum Mittagessen verabredet oder schönen Frauen Komplimente macht. Für jede Absicht und Situation gibt es einen speziellen Hupen, mal kurz und kühl, mal lang und leidenschaftlich, mal ein gut gelauntes „Prütt!" und mal ein höfliches „Pröööt". Das italienische Hupen ist eine schöne Sprache. In Deutschland bedeutet das Hupsignal ausnahmslos „Weg da, du Idiot!" oder „Beim nächsten Mal zeige ich dich an!" Es ist in keinem Fall als Warnsignal gedacht, das Schlimmes verhüten soll. Es ist der Ausdruck verstärkten Empört- und Beleidigtseins und eine Form der Bestrafung.

Ach wissen Sie was? Ich bleibe beim „Binggg!"

FDM und das Glück

Unter dem Faszien-Distortions-Modell müssen Sie sich folgendes vorstellen: Gebildet aus den lateinischen Begriffen *„fascia"* (Bündel) und *„distorsio"* (Verdrehung / Verrenkung), wird das FDM sehr effektiv in der Behandlung von Schmerzen im Bereich des Bewegungsapparates eingesetzt und erfreut sich einer stetig wachsenden Popularität unter Therapeuten, nicht aber bei mir, denn es tut sauweh.

Ich habe doch diesen Muskelfaserriss in der linken Wade, von der ich bis vor kurzem noch nicht ahnte, dass da überhaupt Muskeln drin sind. Ich war ja immer der Typ, dem mangels Masse die Socken haltlos runterrutschen. Aber seitdem es beim Volleyball völlig ohne Feindeinwirkung „rrritsch!" gemacht hat, bin ich, zumindest was meine Faszien links unten angeht, auf dem Laufenden. Hinkend wie ein schlechter Vergleich.

Das ist auch nach der Physiotherapie nicht wesentlich besser geworden, obwohl sich die beste, charmanteste Physiotherapeutin an mir versuchte, die sich denken lässt. Anhand des Faszien-Distorsionsmodells. Die daran glauben, gehen davon aus, dass im Falle des Falles der Patient anhand seiner Wortwahl und/oder Körpersprache selbsttätig seine Diagnose verrät. Und ich hatte eindeutig „aua" und „rrritsch" gesagt und war ins Behandlungszimmer gehumpelt wie das berühmte Humpelstilzchen. Und meine magische Therapeutin hatte das nicht nur klar verstanden, sie hält dafür, dass sich bei einem Faserriss die Muskelfasern, die sonst schön längs in Reihe stehen, irgendwie aufribbeln und verzwirbeln und verkleben. Soviel Unordnung mögen Physiotherapeutinnen von heute gar nicht. Also versuchen sie, die wirren Fasern wieder auf Linie zu bringen. Nur kurz durfte ich hoffen, dass es dafür eine Tablette gibt; dann grub sich die Heilsdame mit einem Seufzer sehr kraftvoll und sehr tief, kurz über der Achillesferse, hinten in meinen Wadenmuskelansatz, und ich ahnte schon, wo das enden würde: nämlich kurz vor dem Schienbeinknochen vorne und dem Kollaps. Dann wanderte sie den Muskel bergauf bis zur Kniekehle, aus der gleich nach der Ankunft ein Schmerzensschrei gellte. Meiner.

Diese Behandlungsmethode, Sie ahnen es, hat sich bereits im 14. Jahrhundert großer Beliebtheit erfreut, und zwar in dunklen, kalten Verliesen, wo sie von grobschlächtigen, aber streng rechtgläubigen Herren mit dicken Oberarmen an

Damen mit roten Haaren erprobt wurde oder an solchen, die die Milch des Nachbarbauern hatten mit einem bösen Blick sauer werden lassen. Nun, anschließend hatte es mir deutlich besser zu gehen, aber das wusste mein Wadenmuskel leider nicht. Der größte Erfolg der Behandlung war, als sie vorbei war, dass sie vorbei war. Es ist ja wirklich schön, wenn der Schmerz weggeht. Aber die schlechte Laune ist irgendwie geblieben.

Warum haben eigentlich so viele von uns so oft schlechte Laune? Ich werd's Ihnen verraten: Das liegt nicht daran, dass wir kein Glück haben, sondern daran, dass wir kein Pech haben; daran, dass kein stockblindes Schicksal über uns waltet, sondern wir immer an allem schuld sind. Wenn unsereiner irgendwann einen Herzkasper kriegt, dann ist er das selber schuld. Weil er zu viel Leberwurst gegessen hat und zu wenig Sport getrieben. Und wenn er sich beim Sport die Wade reißt, dann ist das auch seine eigene Schuld. Hätte es besser bleiben lassen sollen, das Sporttreiben. Sport ist bekanntlich Mord, und in meinem Alter sowieso. Sollte mich also morgen der Blitz treffen: Es wird alles meine Schuld gewesen sein. Wie du's machst, machstes verkehrt, und wenn Schopenhauer sagt, Glück sei die Abwesenheit von Schmerz, muss ich widersprechen. Glück ist die Abwesenheit eines fleischfarbenen Stützstrumpfs.

Brief an drei Frauen

Nun muss ich mich zunächst an zwei wichtige Frauen in meinem Leben wenden (Ehefrauen, Töchter, Mütter und alle anderen jetzt mal weghören). Beide Damen haben sich in den vergangenen Jahren in nicht genug zu rühmender Weise um meinen Körper gekümmert. Erstere ist die großartige Internistin, die mich besser von innen kennt als ich mich selbst von außen. Sie hat nie „Na, wie geht's uns denn?" gefragt, sondern immer „Oje, Sie Armer!" geseufzt, wenn ich mal wieder aufkreuzte. Schon für diesen Seufzer habe ich sie geliebt. Nun ist sie aber selbst krank geworden, die Arme, so krank, dass sie ihren Beruf aufgeben und die Praxis verlassen musste. Und sie hat alle meine Krankheiten mitgenommen. Dennoch fühle ich mich jetzt kein bisschen gesunder, sondern irgendwie medizinisch unbehaust. Ich finde, dass Krankheiten bei Ärzten per Gesetz verboten gehören und möchte sie an dieser Stelle herzlich grüßen: „Huhu und gute Besserung, Frau Dr. S.!"

Bei der zweiten Frau handelt es sich um jene Dame, die seit Jahren schon physiotherapeutisch gegen den fortschreitenden Verfall meines Körpers ankämpft. Sie ist der Polier auf der Dauerbaustelle, zu der ich geworden bin, und dennoch habe ich ihr in meiner Kolumne bitter Unrecht getan. Die Rede ist von der Essener Schulter-, Knie- und Wadenflüsterin, die jüngst versuchte, per „Faszien-Distorsion" sowie vollem eigenen Körpereinsatz meine verstrubbelten, aufgeribbelten Wadenmuskel-Fasern wieder in Linie zu kämmen. Schon die Erinnerung daran treibt mir wieder Tränen in die Augen; aber der Gedanke, die Hüterin meiner Extremitäten unbeabsichtigt und indirekt in Zusammenhang mit latent sadistischen Neigungen gebracht zu haben, noch mehr.

Sie hat von mir per SMS nicht Rehabilitation, sondern vollständige Rehabilitierung verlangt, und genau das soll hier und heute geschehen: „Sie sind eine Wucht, liebegute Frau K.! Ein Engel mit Händen als Flügel! Sie sind die Physiotherapeutin meines Lebens! Und wenn Sie meine Muskeln umgraben, dann tut Ihnen das bestimmt selbst am allermeisten weh! Und, ja, es gibt wirklich was Scheußlicheres auf der Welt als einen hautfarbenen Stützstrumpf: – zwei."

So, diese beiden vortrefflichen Frauen habe ich hiermit abgearbeitet. Bliebe eine dritte zu nennen, die ich leider mit meiner Kolumne über die „wundersame Hirnvermehrung" in unserer Bildungsgesellschaft schrecklich genervt haben muss. So schrecklich, dass mir die „anonyme Zufallsleserin" einen Brief schrieb, in dem sie („gäähn!") sehr offen zum Ausdruck bringt, dass sie meinen Text überaus eitel, langweilig, strunzdoof und vollkommen überflüssig fand. Zudem äußert sie den ungeheuerlichen Verdacht, ich könnte ihn nur geschrieben haben, um eine Lücke in der Zeitung zu füllen.

„Liebe anonyme Zufallsleserin, ich bedaure hiermit aufrichtig, Sie mit meiner Kolumne über die wundersame Hirnvermehrung gelangweilt zu haben. Das war nicht meine Absicht. Auch wollte ich keineswegs mit meiner Familie angeben, sondern meiner schlimmen und vermutlich völlig haltlosen Befürchtung Ausdruck verleihen, dass diese Gesellschaft immer genauso viele Genies und Deppen produziert, wie sie gerade braucht. Und dass heute bei uns die Schulen dabei genauso mitspielen wie damals die Schulen unter Margot Honecker in der DDR. Und Kinder darunter leiden. Markenzeichen dieser Kolumne war und bleibt die politische Relevanz. Natürlich will ich mit ihr niemals nur eine Lücke in der Zeitung füllen, wo denken Sie hin?!"

So, Zeile 48.

49.

Wieder mal fertig.

Über Geländer am Strome

Sie dürfen übrigens „Iron Man“ zu mir sagen. Ich habe seit all den segensreichen Infusionen dermaßen viel Eisen in mir, dass man mich, sollte die Sache wider Erwarten doch noch schlecht ausgehen, wohl nicht christlich beerdigen, sondern recyceln würde. Aparter Gedanke: Feuerbestattung im Hochofen von Thyssen-Krupp ... Vielleicht würde ich ja als T-Träger wiedergeboren. Oder sie machen aus mir ein nagelneues Brückengeländer über die A40. Einverstanden. Aber ich würde auf einer voll krassen Inschrift bestehen: „Ich bin ein Geländer am Strome: fasse mich, wer mich fassen kann! Eure Krücke aber bin ich nicht!“

Das stammt von Friedrich Nietzsche, ein Zarathustra-Wort an seine Jünger, das ich immer schon mal zitieren wollte. Und wenn Sie jetzt denken, ich hätte schwer einen an der Waffel, dann sage ich nur: Eisenmangel-Anämie. Die führt dazu, dass das Gehirn nicht genügend Sauerstoff abkriegt, und sowas führt dann zu sowas.

Nämlich.

Vermutlich darum habe ich im Klinikum nochmal eine ordentliche Eiseninfusion bekommen. Seither bin ich sozusagen tropffit. Auch wenn ich einräumen muss, dass die Prozedur in aller Regel stinklangweilig ist. Man sitzt dumm rum und lässt es tropfen, bis man rostet. Diesmal war es aber gar nicht langweilig, was an einem Herrn lag, der mit mir im Aufenthaltsraum wartete. Der, ein sympathischer Endfünfziger aus Kettwig, hatte kurz zuvor sehr schlechte Nachrichten bekommen und harrte nun, gründlich schockiert, der ärztlichen Instruktionen. Wir kamen ins Gespräch und klagten uns zunächst unser Leid, ich mein kleines, er sein großes. Stundenlang, denn das Wort Patient kommt ja aus dem Lateinischen und von „Geduld“. Wobei ich zugeben muss, dass ich zwar Latein, aber nie Geduld hatte.

Der Mann berichtete mir davon, dass vor kurzem sein bester Freund gestorben sei: Krebs. Davor habe er jahrelang seine demente Mutter gepflegt. Vor Jahren habe er ein Haus auf Kreta gekauft, wo er seinen langen, langen Lebensabend verbringen wollte. Eigentlich habe er jetzt damit anfangen wollen, und nun das!

Als ich ihm von meiner Olivengarage erzählte, tratschten wir ein bisschen über blöde Behörden, plauderten über das weltbeste Olivenöl („meins!“), Traumsommer und klamme, kalte Winter, über Schimmel an den Wänden und den morgendlichen Blick aus dem Fenster (er aufs Meer und ich durch den schiefen Mandelbaum), der für alles entschädigt. Draußen goss es in Strömen, aber je mehr wir redeten, desto näher war uns die Mittelmeersonne. Wir schwärmten uns die Welt schön, und statt uns gegenseitig zu bedauern, freuten wir uns, ausgerechnet in einem Aufenthaltsraum der Gastroenerologie einen Seelenverwandten gefunden zu haben.

Am Ende erzählte er mir von seiner zunehmend weltvergessenen Mutter. Nein, es sei nicht leicht gewesen, und oft genug habe es ihn traurig gemacht und tief verletzt, dass sie ihren eigenen Sohn nicht wiedererkannte. Eines Nachmittags aber habe sie auf ihrem Tisch eine Packung Zigaretten entdeckt, die dort lag wie immer bei seiner seit Ewigkeiten rauchenden Mutter. „Was ist das denn?“, habe sie gefragt.

„Das? Sind Zigaretten“, habe er geantwortet.

„Aha. Und was macht man damit?“

„Die nimmt man aus der Packung, steckt sie in den Mund und zündet sie an.“

„Ach? Und dann?“

„Zieht man dran und atmet den Rauch ein.“

„Aber wir machen doch so einen Quatsch nicht, oder?“, habe sie mit großen Augen gefragt.

„Nein, natürlich nicht!“

Da sei sie doch sehr erleichtert gewesen. Und sie rauche von Stund an nicht mehr.

Ich fand die Geschichte schön. Es ist eine bittersüße Geschichte, nicht schlecht für einen mit zu wenig Sauerstoff im Hirn.

Ein Näschen für den Karneval

Ich habe Schnupfen. Ich habe starken Schnupfen. Ich habe den vermutlich stärksten Schnupfen, den je ein Mensch auf Erden gehabt hat. Ich habe die Mutter aller Schnupfen. Ich schniefe und triefe und explodiere alle halbe Minuten wie der Krakatau am 27. August des Jahres 1883; die Nase kribbelt scheußlich und brennt und die Ohren tun weh. Längst lasse ich die Tempotücher kraft- und achtlos zu Boden fallen, so dass ich daheim durch verknubbelte Rotztücher wate wie durch kleine weiße Wölkchen. Mein dröhnender Schädel, der seit Tagen das Denken eingestellt hat, verrät mir, dass ich auf das zivilisatorische Niveau eines Nebenhöhlenmenschen gesunken bin.

Aber ich jammere nicht rum. Männer jammern nicht rum, das ist nur ein altes Vorurteil. Männer leiden einfach mehr. Weil sie die sensibleren Wesen sind, ausgestattet mit den feinsten Nervenenden und den zartesten Synapsen des Weltalls. Und den feinsten Nasen. Wenn die tropfen, weint die Schöpfung. Meine ist mittlerweile so rot, dass ich mir in diesem Jahr über mein Karneval-Outfit keine großen Gedanken machen muss, immerhin. Ich gehe als Wrack mit roter Nase oder als ewiges Lämpchen mit Beinen.

Früher habe ich mir da immer einen Kopf gemacht – anders als im gleichen Alter mein Sohn übrigens. Der war bis ins hohe Kinderalter ein Ganzjahres-Batman, während meine Tochter anziehen konnte, was sie wollte – sie blieb eigentlich immer Prinzesschen. Bei mir begann die Identitätskrise Karneval 1961 bei Opa und Oma Steele. Da hatte ich von meinen Eltern, obwohl ich ja eigentlich seit Winnetou I bis III emotional der Indianerfraktion zugeneigt war, einen Koffboy-Anzug bekommen: so einen todschicken schwarzen Zweiteiler mit schwarzem Hut mit Silberrand und roten Stoff-Fransen an Jacke wie Hose. Und links und rechts zwei angenähten Pistolenhalftern an den Seiten, die es nur noch cowboy-waffentechnisch zu füllen galt.

Pistolen kamen leider nicht in Frage, denn mein pazifistischer Vater hatte mir das Spielen mit allem Baller-Gerät strengstens untersagt. Um die Situation zu retten (und weil die alternativen zwei großen Karotten noch alberner aussahen), steckte mir Opa Heini, der sowieso ein Schlitzohr war, zwei Taschenlampen in die Holster: eine rote rechts, eine blaue links. Die konnte ich dann beim Showdown auf dem Ehrenzeller Markt mit zusammengekniffenen Augen aus der

Hüfte ziehen und martialisch „peng“ oder „pchchch!“ rufen, wenn es an der Zeit war.

Super.

Ich habe mich zu Tode geschämt. Schließlich waren Star-Wars, Darth Vader, Erzwodezwo und die geilen Lichterschwerter noch nicht erfunden, sonst wäre ich mit meinen Kampf-Funzeln ganz weit vorne gewesen. Aber so ...? Ich sah nicht aus wie ein cooler Cowboy. Ich sah aus wie ein Nachtwächter in Fransen. Ich bin nie wieder als Cowboy gegangen. Ich bin eigentlich seitdem überhaupt nie wieder als irgendwas gegangen, vielleicht aus tieferer Einsicht heraus, vielleicht aber auch aus Daffke.

Ist es nicht so, dass Männer meiner Generation sich permanent verkleiden und ihre Rollen spielen: als immerjunge Familienväter in Jeans, als Wellnessfreunde in Adiletten, als Sportfreaks in albernen Presswurstpellen-Radlerhosen, als Naturburschen in atmenden Anoraks mit Wolfsabdruck, als tolle Hechte in Fischgrätmuster, als ambitionierte Mitarbeiter in Blaumännern oder hinter schräggestreiften Schlipsen?

Und die Jüngeren sind ja, wie immer, noch schlimmer: Während unsereins tapfer versucht, wenigstens ab und zu sich selbst ähnlich zu sehen, scheint deren Leben aus permanentem Umstyling zu bestehen: Heute Gaga, morgen Papa – was brauchen die Karneval?

Also: Ich gehe diesmal als Mitfuffziger mit Glatze, zwei Kindern und Katzen, Küche, Diele, Bad und in leidlich gesicherter Stellung. Als Bilderbuchspießer! Allerdings als einer mit knallroter Nase. Ob mich wohl irgendwer erkennt?

Kurz und knapp und der Krupp-Gürtel

Ich habe mir neue Laufschuhe gekauft. Wegen der Fastenzeit. Ich mache nämlich sitzfasten. Habe jetzt einen langen Winter lang auf dem Hintern gesessen, und jetzt müssen die Pfunde weg. Also verzichte ich aufs Rumsitzen. Leider sind meine alten Joggingschuhe beim Keller-Tsunami abgesoffen und haben sich dabei dermaßen mit dem Brackwasser vermischt, dass ich sie in die Tonne gekloppt habe. Außerdem waren sie, kaum gebraucht, sozusagen eingelaufen. Ging also zum Sportschuhladen und ließ dabei meine Spur vermessen: Diagnose Knick-, Spreiz-, Senk-, Platt- und Leichtfuß. Da kamen zum Beispiel diese blauen Schuhe in Frage.

Passten.

Gekauft.

Nein?

„Andere Kunden probieren aber gerne stundenlang."

„Hören Sie, ich bin ein Junge. Ich will nicht shoppen, ich will Schuhe. Und zwar die da!"

„Gerne."

Das wollte ich nur mal erzählen. Und wissen Sie, was damit rein gar nichts zu tun hat?

Der Friseur!

Schon sind wir beim Thema: Ich war nämlich neulich bei einem neuen Friseur, einem türkischen. Ich trat ein und wurde ausgesprochen freundlich begrüßt: „Möchten Sie einen Kaffee oder ein Glas Wasser?" Da wusste der Barbier vom Bosporus offenbar auch noch nicht, dass ich ein Junge bin und normalerweise zum Frisör gehe, um mich frisieren zu lassen.

„Ich hätte gern die Haare geschnitten, kurz!"

„Wie kurz?"

„Ganz kurz."

Da blickte er auf die Ruinen meines Haupthaars: So ähnlich muss ein Kopfamputierter angeguckt werden, wenn er zum Hutmacher geht. Der Figaro mit dem Migrationshintergrund aber fing sich gleich wieder und lächelte mich an, als stünde Samson vor ihm und nicht Kojak.

„Gerne! Und Sie sagten GANZ kurz?

Weil er wohl ahnte, dass bei mir haartechnische Zufriedenheit nur noch durch viel Charme zu erreichen ist, übergab er mich einer überaus reizenden jungen Dame mit schönen braunen Augen und dicken schwarzen Locken, die, sobald sie mir an den Kragen ging, zu quasseln anfing, als wären wir hier beim Friseur. Dass sie noch nicht lange in diesem Friseurladen sei und dies ihr Traumberuf, erzählte sie mir begeistert, völlig akzentfrei und ohne jeden islamististischen Unterton. Wo sie denn herkomme, traute ich mich irgendwann zu fragen, damit ich vielleicht, wo ich doch schon mal beim Türken war, meine tiefen Kenntnisse über Istanbul, Side oder die bildschöne Kurden-Gegend um Malatya loswerden konnte, wo ich vor Jahren schon mal mit Opa Dede war.

„Aus Altenessen!“, strahlte sie, und ich kam mir ausgesprochen blöd vor. „Ich komme aus Altendorf“, versuchte ich die Situation zu retten und möglichst stolz zu klingen, was mir auch mühelos gelang. Schließlich liegt Altendorf, in meiner Jugend noch ein typischer Arbeiterstadtteil im wilden Essener Westen, heute am Rande des „Krupp-Gürtels“. Und bald soll ja hier sogar eine stinkvornehme Marina entstehen für schicke Yachten und so. Poach!

Spätestens dann wird hier keiner mehr von einem „Krupp-Güatel“, sondern von einem „Krupp-Güchtel“ sprechen, weil sich der Stadtteil so irre strukturgewandelt hat zu Essen-Oberkassel.

„Aus Altendochf“, sagte ich also, und: „Aber Altenessen hat sich ja auch mächtig gemausert.“

„Jaja“, sagte sie freundlich, hatte sichtlich keinen Schimmer, was ich damit meinte, werkelte aber unverdrossen weiter. Und schnitt und kämmte und pries ihren Chef und ihr jugendliches Leben in ihrer schönen Heimatstadt Essen. Ich aber vernahm keine Spur von Integrationsverweigerung und Inländerfeindlichkeit, weder einen fundamentalistischen Fluch noch das kleinste Allahu akbar.

Als sie fertig war, sah ich in den Spiegel. Das war dann doch SEHR kurz geworden. Seitdem trage ich Kopftuch.

Wagner und die Waden

Aus! Aus! Aus! Das Spiel ist aus. Bartel ist Sofa-Meister. Hiermit, liebe Leserinnen und Leser, gebe ich das Ende meiner Sportlerkarriere bekannt. Ich bin zu alt für kurze Hosen, ich bin zu schlapp, ich bin zu blöd; ich verletze mich regelmäßig schon beim Aufwärmen, und die Spanne zwischen Aufgewärmt und Fix-und-Alle wird immer kürzer; die Stunden für Arztbesuche, Physiotherapie und Rekonvaleszenz nehmen überhand und überfuß; die Kollegen gucken schon schief und tuscheln, die Familie schweigt betreten und die guten Ratschläge von allüberall her sind schlichtweg nicht mehr zu ertragen.

Was passiert ist? Ich war nach dem Muskelfaserriss in der linken Wade, Thrombose und anschließender Achillessehnen-Entzündung nach zwei Monaten wieder so fit, dass ich beim Montags-Volleyball umknicken konnte. Und der Orthopäde, bei dem ich neuerdings eine Dauerkarte, aber leider keine Flatrate habe, über mein rechtes Knöchel-Außenband sagte, was (im Richard-Wagner-Jahr 2013 sei es erlaubt, darauf hinzuweisen) die drei Nornen zu Beginn der „Götterdämmerung“ auf dem Walkürenfelsen über das Schicksalsseil singen, das einstmals an die Weltesche geflochten ward:

„Es riss!

„Es riss!“

„Es riss!“

Und das Band daneben auch. Und der Fuß wurde dick und blau und tat wagalaweia sauweh. Ich sage Ihnen: Wenn man über zwei Monate nicht gescheit laufen kann und durchs Leben humpelt, verändert sich vieles: Man lebt anders, und man träumt auch anders. Ich habe zum Beispiel vom Joggen geträumt – eigentlich ein Albtraum, aber wie verlockend erschien er mir auf einmal! Ich genoss es geradezu, wie auf Wolken und vollkommen sinnfrei im Traum an 1.000 mir nix tuenden Dertutnixen vorbei durch die Heimaterde zu rennen und – ein Wunschtraum – dabei nicht zu hecheln und zu schimpfen. Glückshormone rieselten bei jedem Meter auf mich herab, mein Kater war stolz auf mich, und ich aß zur Belohnung auf dem Sofa zwei Tafeln Schokolade und wurde nicht dick.

Ja, das sind so Träume. Die Wahrheit ist: Es ist bitter, wenn ehemals feste Bande reißen. Wotan, Brünnhilde und Siegfried können ein Lied davon singen. Bei mir hatte das erneute Besuche bei der Frau mit den magischen Händen und dem ironischen Gesichtsausdruck zur Folge. Diesmal war aber nicht Faszien-Distorsion angesagt, sondern Lymph-Drainage. Ich nenne es allerdings Lymph-Justiz.

Ich soll schwimmen gehen und in die Muckibude, vorsichtig Rad fahren und, sobald ich wieder schmerzfrei gehen kann, walken. Ich konnte zwar argumentieren, dass die Walküren, die ja angeblich das Walken erfunden haben, beritten waren und den Teufel getan hätten, die auf dem Schlachtfeld ehrenvoll Gefallenen zu Fuß nach Walhall zu bringen; aber bei Physiotherapeuten zieht die nordische Mythologie nicht. Die meisten halten Wagner wahrscheinlich für eine Pizza. Auch meine Heilerin blieb hart wie das Leben selbst: Was sie mir vorschlug, war Sport. Reiner Sport. Und ich hasse Sport. Sport ist eine reine Leibesübung, und ich bin schließlich Protestant. Sport ist geistlos, stinklangweilig und stinkanstrengend. Ich will nur spielen. Allein, ich bin malad und alt, zu alt zum Spielen. Jetzt ist endgültig Schluss mit lustig, Schluss mit Fuß- und Volleyball, Schluss mit allem, bei dem Bälle hüpfen und überhaupt allem, was Spaß macht. Und nun? – Nun bin ich im Übrigen der Meinung, dass Karthago wieder aufgebaut werden muss.

Alle Männer werden prüder

Jetzt müssen Sie auf meinen notorischen Frohsinn verzichten, denn ich stehe vor einer Lebensentscheidung: Ich brauche eine neue Badehose. Ganz plötzlich, nach gefühlten zehn Jahren und diesem Urlaub ist meine alte völlig zerbadet. Und sagen sie jetzt nicht: „Na, und? Soll er sich eine kaufen, der Bartel!" So einfach ist das nicht mit mir und der Hose an sich. Die Welt ist nämlich voll von Badehosen in allen Größen und Farben und Schnitten. Und von Statistiken, die mich in meiner Kauf-Entscheidung eher hemmen denn beflügeln.

Es wäre ja alles viel einfacher, wenn ich zu den fünf Prozent deutscher Männer gehörte, die am liebsten nackig baden. Tu ich aber nicht. Sagen wir mal: aus religiösen Gründen. Mittlerweile, notieren Sie sich das, tragen 59 Prozent der deutschen Männer unter 40 Bade- oder Surfer-Shorts, und zwar die knielangen. Die ganz Jungen ziehen unter ihre Schlabber-Shorts noch eine Unterbadehose, weil sie wissen, dass ihnen die Oberbadehose beim ersten Köpper baden geht oder dass die Shorts im nassen Zustand nicht mehr cool und locker aussehen, sondern wie nasse, schrumpelige Abfalltüten. Wie sang schon der Dichter: Alle Männer werden prüder? Es dauert nicht mehr lange, bis die Herren der Schöpfung in knöchellangen Badevollmantel am Strand den Bauch einziehen.

Verstehen kann man's ja nicht, nur zur Kenntnis nehmen: Speziell die jüngeren Männer, die sich's noch leisten könnten, verachten das kurze Badebeinkleid und bevorzugen weite, luftige Modelle, während alte Säcke in meinem Alter, also die mit den Bierbäuchen und den weißen Storchenbeinen, sich statistisch in kurze Badehosen, enge Boxershorts und sogar Bade-Slips zwängen.

Dem Modeschöpfer sei Dank, dass zumindest diese albernen Radlerbadehosen, die ja nicht von ungefähr „Jammer" hießen, wieder völlig out sind. Da sah der halbe Strand immer aus, als wär er gerade vom Rad gefallen. Ich bekenne, auch ich hab's mal ausprobiert, aber ich sah dabei aus, wie damals Mariah Carey in den Augen des uncharmanten Oliver Pocher in ihrem Kostümchen aussah – „wie eine Presswurst". Und kneifen tat es auch. Ich möchte nicht wie eine Presswurst aussehen, aber ich möchte auch nicht auf dem Sand liegen wie eine gestrandete Fingerübung von Christo.

Wussten Sie, dass der Badehosengeschmack in einem Verhältnis zur Schulbildung steht? Frauen mit Abitur oder Examen ziehen eher Bikinis an als Frauen mit niedrigerm Bildungsabschluss. Bei den Herren dagegen verhält es sich anders: Männer mit mittlerem Bildungsabschluss tragen weit häufiger kurze und enge Boxershorts oder Slip-Badehosen als baden gehende Abiturienten oder Akademiker. Aber soll ich das glauben: doof trägt eng und schlau trägt weit? Ich persönlich, ähem, bin ja ein ungepfuschter Magister Artium, aber leider zu blöd zum Badehosenkaufen. Da hab ich nun, ach, nicht nur Theater und Philosophie studiert mit heißem Bemühn, sondern auch die aktuellen Bademodentrends. Denn ich will auch mal im Trend sein. Endlich mal, wo ich doch sonst nie was mitkriege und der letzte Träger weißer Tennissocken westlich des Urals war. Das habe ich dem Badehosenfachverkäufer meines Vertrauens auch gesagt, und ich glaube ihm. Also fallen für mich schon mal lässige Surferhosen oder enge Speedos flach. Ich habe, so will es der Trend, auf enger, aber bitte nicht zu eng geschnittene Shorts in allen möglichen Designs und Farben zu achten. Und es sollte schon kräftig farbeln, denn die Zeiten eintönig neutraler Farben, wie ich sie seit jeher schätze, sind wohl vorerst einmal vorüber.

Nun also muss es badetechnisch partout bei mir untenrum bunt zugehen, am besten mit plakativen Schriftzügen oder saukomischen Comics. Auch karierte und gestreifte Muster sollen mir ja bestens stehen. Nun, das finde ich zwar albern und abscheulich, aber ich sehe es doch eher mit heiterer Gelassenheit. Wenn ich nicht gerade wieder den Bauch einziehe, ist meine Badehose für mich praktisch unsichtbar. „Machen eigentlich Querstreifen auf Badehosen dick?" habe ich meine persönliche Modeberaterin gefragt, die daraufhin ihre hinreißenden Augenbrauen lupfte und antwortete: „Nein, aber Pasta mit Sahnesauce und zwei Gläsern Cappello di Prete nach der Tagesschau." Sei's drum. Ich besitze, seitdem ich keine mehr benötige, neue, bunte, total lustige Badeshorts mit mittellangem Bein.

Jetzt brauche ich nur noch den passenden Körper.

Bevor ich es verschlönz

Heißt am Niederrhein ein Schlönz eigentlich auch Schlönz? Also in Essen und Mülheim heißt der Schlönz Schlönz. Ich bin ein Schlönz. Nicht, weil ich etwa schlönzig rumliefe, sondern weil ich so oft so viel verschlönze. Zum Beispiel lege ich mir zuweilen Leserbriefe auf die Seite, die ich nicht sofort beantworten kann, weil ich ja doch manchmal ganz schrecklich viel zu tun habe. Die schauen mich dann jeden Redaktionsmorgen provozierend an, als wollten sie sagen: „Du bist ein Schlönz!" Und irgendwann hab ich sie verschlönzt. Manchmal erreichen mich aber auch Fragen an den Pfiffikus, und wenn der ausnahmsweise mal nicht da ist, dann muss ich so tun, als sei ich der Pfiffikus und wüsste was. Ich und was wissen? Das wüsste ich aber!

Aber ich tu natürlich mein Bestes. Habe mir mindestens drei alte, nur noch rudimentär erinnerte Volksweisen am Telefon vorsingen lassen, und ein Herr aus Hünxe hat sogar gepfiffen. Ich habe aber auch zum Beispiel der guten Frau Hoyer, deren Familie seit der Steinzeit die NRZ bezieht, eine Frage beantwortet, die ihr seit langem auf der Seele brannte: In und um Moers herum wird traditionell am Weißen Sonntag „Blocke Poschen" gefeiert. – Aber was zum Geier ist „Blocke Poschen"? Ich wollte die Sache nicht verschlönzen und hab's sofort gegoogelt. Dabei bin ich auf ungefähr 20 Einladungen der Jungen Union Neukirchen-Vluyn zur „Blocke Poschen"-Feier gestoßen. Hab weiter recherchiert und weiß seitdem praktisch alles über die Junge Union Neukirchen-Vluyn. Nur nichts über Blocke Poschen. Im Rathaus verwies man mich auf den Heimat- und Verkehrsverein, aber der war wohl im Ausland. Gerettet hat mich meine Kollegin Helmes aus der Lokalredaktion. Die wusste das aus'm Kopp: Poschen ist der mundartliche Name für Ostern, und Blocke leitet sich von „blank" ab, bzw. weiß. Da wären wir jetzt also drei Monate vor Weihnachten (haben Sie schon Geschenke gekauft?) wieder am Weißen Sonntag angekommen.

Ich war sehr stolz auf mich, und Frau Hoyer hat ihren Seelenfrieden wieder. Anders als Herr Klever aus Mülheim, der mich freundlich darauf hinwies, dass ich in einem jüngeren Artikel eigenmächtig den schönen Entenfang nach Duisburg verlegt habe. „Der See liegt in seiner ganzen Größe immer noch in Mülheim!" Stimmt, Herr Klever. Sorry!

Ich habe auch eine Mail von Frau Stortz aus Oberhausen nicht verschlönzt. Die riet mir als Reaktion auf meine Wespen-Philippika Wespen mit im Aschenbecher brennendem Kaffeemehl zu vertreiben, denn: „Das Zeugs glimmt und räuchert dann vor sich hin und stinkt mal gar nicht so schlimm."

Ich hab's ausprobiert. Leider muss ich sagen, dass unsere Kolumbus-Wespen nicht sonderlich davon beeindruckt waren. Stattdessen ist seit dieser Aktion meine Familie restlos davon überzeugt, dass der Papa einen an der Wespenklatsche hat: „Der raucht wieder – und zwar Tchibo!" Apropos Familie: Da hat mich der Brief von Frau Kleinefeld-Pieper aus dem schönen unalpinen Alpen ganz nachdenklich gemacht. Frau Kleinefeld-Pieper hat viele Nachrufe auf den wunderbaren Loriot gelesen, darunter auch meinen, aber eines hat sie in allen Würdigungen doch vermisst: den Dank an die Familie von Bülow dafür, „dass er dort sein ganzes Glück gefunden hat; die Familie war seine Quelle, ... die Töchter sein ganzes Glück ... Aber war er als Vater auch deren ganzes Glück?" Frau Kleinefeld-Pieper vermutet: nein, denn sie ist davon überzeugt, „zu Hause haben alle Humoristen nicht so fröhliche Scherze gemacht und die anderen zum Lachen gebracht ..." Frau Kleinefeld-Pieper, übrigens stolze 72 Jahre alt, argwöhnt, dass Loriot seine Späße und seine Karriere auf Kosten seiner Familie gemacht haben könnte, warum jener hier und heute öffentlich noch einmal zu danken sei.

Liebe Frau Kleinefeld-Pieper: Ich weiß nicht, ob der lustige Loriot zu Hause oft ein Muffel oder gar ein Stinkstiefel war. Aber bei mir bin ich mir da leider ziemlich sicher. Also: Danke für Eure Geduld mit mir, ihr Lieben!

007 oder 08/15

Es stimmt schon, dass James Bond und ich die gleichen Initialen haben. Aber das ist Zufall und hat nichts zu bedeuten. So cool wie 007 wäre ich nicht mal im Kühlschrank. Und so sexy wie Daniel Craig, der aktuelle Bond-Darsteller und „sexiest man alive", bin ich auch nicht, leider. Wobei wir uns jetzt wohl typmäßig doch wieder annähern, der Daniel und ich. Er hat nämlich gerade für seine Rolle als Mikael Blomquist in der neuen Stieg-Larsson-Verfilmung „Verblendung" ein, wie ich finde, ausgesprochen attraktives Trainingsprogramm durchgezogen. Um seine Sixpacks, für die er noch berühmter ist als für seine stahlblauen Strahle-Augen, WEGZUKRIEGEN! Der Stockholmer Investigationsjournalist Blomquist ist ja laut Larsson eher der gemütliche Typ und kein Bauchmuskelmonster. Und was hat Mr. Craig als Vorbereitung getan? „Für diese Rolle habe ich ein Jahr lang kein Fitnessstudio besucht", hat er in einem Interview zugegeben, weil der Regisseur gefunden habe, er sei zu dünn. Und er habe „das Essen angefangen". Wow! Hätten die vom Film ja auch mich fragen können, oder? Essen? Ein Jahr lang ohne Fitnessstudio? Pfft! Das mach ich schon seit Jahren.

Und es gibt Menschen, die behaupten, dass man mir das auch ansieht. Einer dieser Menschen ist meine Waage. Die setzt seit langem irgendwelche absurden Zahlen und Gerüchte in die Welt; sie kennt meinen Bodymaßindex, den Fettgehalt meiner Waden sowie den Knochengehalt meines Hinterns und weiß, aus wie viel Prozent Wasser ich morgens, mittags und abends bestehe. Es ist so eine neumodische Waage, wissen Sie, eine Klugscheißerwaage. Und ich mag sie nicht. Vor allem mochte ich die Zahlen nicht, die aufleuchteten, wenn ich draufstand. Hab mir also waagemutig eine neue gekauft und mir beim Kauf erstmal einen abgelacht.

Was ich denn, bitteschön, für eine Waage wolle?, fragte der freundliche Verkäufer bei Karstadt. Eine mit sympathischen Zahlen, antwortete ich, mit Zahlen, die nicht dick machen, was ihn nur ein bisschen irritierte. Nach kurzem Stutzen hielt er mir eine staunenswerte Kollektion sauteurer, saumoderner, vollelektronischer Waagen vor die Nase, die alle so aussahen, als gehörten sie zum Cockpit des Raumschiffs Enterprise und seien viel zu schade, um mit nackten Füßen draufzusteigen – wie die, die ich gerade verlassen hatte. „Ich will eine simple, keine digitale", sagte ich, „eine, die nicht teurer ist als das Restbadezimmer."

Ich könnte ja behaupten, dass ich dabei an so etwas Solides dachte wie jenen Waagebalken aus dem 5. Jahrtausend v. Chr., den man einst in einem prähistorischen Grab in Ägypten entdeckte. Oder an altgriechische Balkenwaagen, wie sie erst um 500 v. Chr. von den Etruskern verbessert wurden. Oder an eine dieser schicken römischen ungleicharmigen Waagen, bei denen der längere Arm ein verschiebbares Wägestück plus Strichmarkierung trug. Oder eine hochempfindliche Analysewaage aus der Renaissance, mit der man nicht Körperfett ausspionierte, sondern Alchimie betrieb. Ich verlangte aber nur eine simple, streng antidigitale. Und er zeigte mir umgehend ein simples und auch preislich analog wirkendes Modell, das angeblich rein „manuell" funktionieren sollte, wie er behauptete. Nachdem ich eine Weile überlegt hatte, wie man etwas mit den Füßen manuell bedienen könnte, ließ ich's dabei bewenden und mir die manuelle Waage einpacken.

Zu Hause gefielen mir die Zahlen immer noch nicht. Immerhin genoss ich die Tatsache, dass ich jetzt wieder mehr über mich selber weiß als ein blödes, auf kalten Fliesen stehendes geeichtes „Messgerät zur Bestimmung einer Masse" und mir die neue Waage meinen Körper nicht prozentual aufdröselt und die Lust aufs Essen und den Spaß am Fitness-Studio-Boykott verdirbt. Nun, es sieht nach einer längeren Beziehung zwischen uns aus: Meine neue Waage hält Belastungen bis zu 150 Kilo stand. Schaff ich locker. Mein Name ist schließlich Bartel, Jörg Bartel.

Schaf, nur Schaf ...

Ich weiß ja nicht, wie's Ihnen geht, aber ich kann manchmal nicht einschlafen. Vor allem abends. Dann wälz' ich mich in alle Himmelsrichtungen, und wenn ich sie alle durch habe, stehe ich auf. Dann schalte ich den Fernseher ein, leise, um niemanden zu stören, und dann schalte ich ihn wieder ab, weil um die betreffende Uhrzeit nur aufregende Filme laufen. Dann greife ich in der Regel nach dem Buch auf dem Nachttisch, und wenn ich Glück habe, ist es so langweilig, dass ich darüber einschlafe. Was bei mir am Ende fast immer hilft, ist das Blättern in alten Fotoalben. Irgendwie beruhigt es mich, mein schönes Leben vor Augen zu haben: Rosa, kahl wie eine Billardkugel, aber vollgeschmiert mit Penatenpampe unterm Küchentisch, Jan, Furcht erregende einmeterzehn im Batmankostüm, das Weihnachtsbankett in der Kolumbusstraße mit Vater, Mutter, Nene und Dede und den Freunden, die selbst gebaute Steinbank vor der Olivengarage, die Mandellese im Spätsommer ...

Dann bin ich mit mir und der Welt zufrieden, steige wieder ins Bett und schlafe ein. Andere Leute versuchen es, wie ich hörte, mit Tabletten oder Cognac, wieder andere mit Meditation (die mich traditionell nervös macht) oder der Apothekenumschau, und manche haben wohl auch damit Erfolg.

Von einem hört man, dass es aus der Mode kommt: das Schäfchenzählen bei Schlaflosigkeit. Das geht so: Wenn man nicht einschlafen kann, stellt man sich eine unbegrenzte Zahl von Schäfchen vor, die nacheinander am geistigen Auge vorbeimarschieren. Man zählt sie, und das Stück für Stück, und das hat der Überlieferung nach eine einschläfernde Wirkung. Irgendwann kommt der Schlummer. Bei Pferden kommt er wohl nicht, obwohl sie als Hürdenspringer besser wären. Niemand zählt Hühner, wer zählt, zählt Schäfchen. Der Mensch hat wohl die Meinung, sie seien noch am besten in gemächlicher Disziplin zu halten. Ob Hirten wohl auch Schäfchen zählen, abends im Bett?

Bei der Behandlung des Themas gab es immer zwei Schulen. Die eine behauptete, es genüge das schlichte Vorbeispazieren der Schäfchen, die andere, die Schäfchen müssten allesamt über eine Hürde springen. Das habe den Vorteil, dass kein Gedränge in der Herde entsteht und die Schäfchen beim Überspringen der Hürde präziser gezählt werden können.

Nun hat das Institut für Demoskopie in Allensbach festgestellt, dass nur noch acht Prozent der Bundesbürger bei Schlafstörungen Schäfchen zählen. Früher waren es mehr. Als Begründung geben einige jener, die das Zählen aufgegeben haben, an, die Tiere seien beim Zählen immer aus der Reihe gelaufen.

Das kann sein.

Ich kannte sogar mal einen Mann, der behauptete, spätestens nach dem vierunddreißigsten Schäfchen tauche bei ihm immer der Hütehund auf und bringe alles durcheinander.

Ich habe den Verdacht, die Leute wissen gar nicht mehr, wie Schäfchen in Bewegung aussehen – sie kennen sie nur noch aus dem Naturkundebuch oder als aus Holz und Wolle nachgebaute Reitspielzeuge für die lieben Kleinen. Ich kenne aber auch keinen, der statt dessen Automobile zählt ...

So. Jetzt kommt ein Plagiats-Geständnis, das sich der wiederauferstandene Freiherr zu Guttenberg gerne hinter die neuerdings brillenbügelfreien Ohren schreiben kann: Von „Von einem hört man ...“ bis „Automobile zählt“ ist alles geklaut. Und zwar von meinem wunderbaren, verehrten und leider schon verstorbenen Vorgänger Gerd Fischer, der sich über solch wichtige Themen schon vor vielen, vielen Jahren seine köstlich krausen Gedanken gemacht hat. Durch Zufall ist mir neulich nächtens beim Wachwandeln ein kleines Fischer-Büchlein in die Hände gefallen, in dem ich die schöne Schäfchenzählkolumne fand. Ich las sie, schmunzelte – und konnte danach nicht einschlafen, weil mich nach der Lektüre gar so viele Gedanken umtrieben. Zum Beispiel die Frage, ob Schafe zählen können. Und was Schafe, wenn sie denn zählen könnten, zählen würden: Schäfer?

Sprechstunde bei Doktor Smart

Sie haben versucht, mich anzurufen? Es ist Ihnen nicht gelungen. Seitdem ich ein Smartphone besitze, telefoniere ich praktisch gar nicht mehr, sondern lade das Handy auf, suche PIN- oder PUK-Nummern oder wallfahre zum Telefonladen, um mich mal richtig auszuweinen. Im Telefonladen, der sich neben einem Telefonladen in der Nähe eines Telefonladens befindet, sagt der freundliche Handy-Mann wie Sigmund Freud persönlich „Sehen Sie, ist doch ganz einfach" und lässt lässig Daumen und Zeigefinger so schnell über das „Display" wirbeln, dass ich nicht den Hauch einer Chance habe, mir die „ganz einfachen" Abläufe zu merken. Das tut der Handymann, damit ich morgen wiederkommen muss. Ich glaube, er mag mich. Was für ein Fortschritt! Die Zeit, die ich früher vertelefoniert habe, verbringe ich jetzt mit Doktor Smart im persönlichen Gespräch.

Während des tel-sorgerischen Gesprächs betippt der Handyflüsterer mein Smartphone, um mir zum zehnten Mal zu beweisen, dass es nicht kaputt ist, sondern ich nur zu doof bin: „Sehen Sie, ist doch ganz einfach!" Ha! Das sagt mein Sohn auch immer, wenn er mir irgendwas am Computer „erklärt". Wenn Herr Handy tippt, kommt es mir so vor, als tippe er sich gegen die Stirn, und ich nicke dann immer und sage „Jajaja, jetzt hab' ich's."

Nichts hab ich. Nur gelernt, dass diese Smarties „selbsterklärend" sind und ich ausgerechnet alles, was selbsterklärend ist, nicht kapiere. Leicht melancholisch fahre ich dann nach Hause und lade dort mein Handy auf, weil der Akku schon wieder leer ist und das Phone mit einem „ssmmm" selbsttätig abschaltet. Ich vermute, dass es heimlich rumtelefoniert oder sich Pornoseiten im Internet anschaut. Jedenfalls ist es leer und ich bin für Stunden nicht erreichbar, weil ich ein Smartphone besitze, das ein Strom-Junkie ist. Eigentlich müssten diese topmodernen Blabla-Biester ständig an einem ganz langen Kabel hängen.

Wenn es endlich wieder aufgeladen ist, versuche ich mich an meine PIN-Nummer zu erinnern und tippe dreimal die falschen Zahlen, weil ich die Brille nicht aufhabe. Ich bräuchte ein Handy mit eingebauter Lupe, wissen Sie. Das gibt es aber nicht. Nach dem dreimaligen Vertippen greint mein Handy nach einer PUK-Nummer, achtstellig. Die ist leider im Handy gespeichert, das ohne PUK-Nummer nicht wiederzubeleben ist. Natürlich habe ich sie irgendwo hinterlegt, aber da schimmelt sie zwischen hundert Passwörtern, Zugangscodes anderen PINs und

PUKs, die ich im Laufe der Jahre für alte Handys, Computer und Bankkonten gesammelt und vergessen habe. Sie ist also praktisch unauffindbar. Finde ich PUK trotz alledem doch, dann gilt meine PIN-Nummer nicht mehr. Klar. Also bußfahre ich abermals zu Dr. Handy und gehe mit schlechtem Gewissen und einer neuen PIN-Nummer nach einer Sprechstunde wieder weg. Zahlt das eigentlich die Kasse? Wenn ich alleine bin, schnauze ich mein Smartphone an und tippe finster auf bunte Bildchen ein, die magisch „aufploppen" und plötzlich tausend Dinge möglich machen, die mich nicht interessieren. Dinge, die man weder im Leben noch im Smartphone braucht, nennt man „Apps". Und wenn ich will, kann ich mir weitere tausend runterladen. Zum Beispiel den, die oder das „Puff-App" aus Japan. Da kann man durch ein Pusten auf das Handy den Rock einer Dame nach oben bewegen.

Toll.

Oder die App „Hang Time". Kennen Sie nicht? Ich erklär's Ihnen: Wenn ich, was kurz bevorsteht, völlig ausflippe und mein verdammtes Handy aus dem Fenster werfe, speichert die Software die Zeit, wie lange das Telefon in der Luft war. Oder zum Beispiel die App zum richtigen Steak-Braten. Klar ist nur, dass ich die Anti-Akne-App von Hautarzt Dr. Greg Pearson nicht brauche, der einen angeblich während des Telefonierens von Pickeln befreit. Ich habe keine Pickel. Und ich telefoniere nicht. Ich habe ein Smartphone.

Maxwell Unsmart

Erinnern Sie sich noch an die Fernsehserie „Mini-Max"? An die „unglaublichen Abenteuer des Maxwell Smart"? Dann wissen Sie auch noch, dass die Serie lustig und erfolgreich, dieser angebliche Meisterspion Maxwell Smart, „Agent 86", allerdings agententechnisch ein Vollpfosten war, ein Tollpatsch, der so lange versagte, bis der Fall irgendwie gelöst war. Was Sie nicht wissen, ist, dass nach diesem Vollpfosten die Smartphones benannt sind.

Zumindest meins.

Ich habe Ihnen schon meine Pannen mit PINs und PUKs und anderen kommunikationstechnischen Nullnummern beschrieben. Und gestanden, dass ich, seitdem ich ein Smartphone besitze, praktisch nicht mehr telefoniere. Weil sich irgendwo in meinem Smartie ein tiefer Riss befindet, aus dem immer der Strom raustropft; weil meine Geheimnummer so geheim ist, dass ich Sie nicht mal selber weiß. Ich habe diese Nummer zwar zur Sicherheit an einem geheimen Ort hinterlegt, aber der ist noch geheimer: Ich weiß echt nicht mehr wo ... Und weil – ehrlich – meine Telefonate enden, sobald sie beginnen. Denn sobald ich mir das Phone ans Ohr halte, berühre ich mit nämlichem Ohr das rote „Aus"-Telefon auf dem Touchscreen. Und aus ist's.

Überhaupt gar nicht aus ging das Ding dann, wenn ich den Anruf selbst abbrechen wollte. Um zum Beispiel nicht die komplette Anrufbeantworter-Litanei abwarten zu müssen und die dreimalige Wiederholung: „Wenn Sie das Telefonat beenden wollen, drücken Sie die 1, wenn Sie eine Nachricht senden wollen, drücken Sie die 2 ..." und so fort. Das kostet nicht nur Zeit und Nerven, sondern eine unglaublich lange Stange Geld, vor allem, wenn man nur mal ganz kurz aus Apulien zu Hause anrufen will. Allein, das Scheißding war nicht auszuschalten; nach ein paar Sekunden erlosch das Display selbsttätig und damit verschwand das rote „Aus"-Telefon vom Schirm. Und ohne rotes „Aus"-Telefon kriegt man das Telefon nicht aus und muss abwarten, bis der Akku leer ist oder der Anrufbeantworter gestorben.

Dieses Problem löste sich – wie die meisten Computer-Probleme – erst, als ich restlos überzeugt davon war, zu blöd für die moderne Kommunikationstechnik zu sein und ich das rituelle „kann nicht sein", „hat's so noch nie gegeben", „wir können uns gar nicht erklären" hinter mir hatte. Danach schickte ich das Smartphone an die Smartphone-Firma zurück, mit der Bitte, es im Rhein zu versenken und gegen ein schwarzes Bakelit-Telefon mit runder Wählscheibe einzutauschen. Dabei stellte sich dann heraus, dass das Smartphone noch blöder war als ich, ich unschuldig und „nur“ irgendein Sensor im virtuellen Eimer war.

Danach ging's eigentlich ganz gut, wenn man mal davon absieht, dass ich seitdem immer aus einem Meter Entfernung in ein Phone brüllte, das ich am ausgestreckten Arm hielt, um Ohrenkontakt zu vermeiden und kein Wort verstand, wenn mein Gesprächspartner auch mal was sagte. Ich habe mich auch daran gewöhnt und meine Konsequenzen gezogen: Ich telefonierte gar nicht mehr, sondern schrieb nur noch SMS, was ja mit der Touch-Schreibmaschinen-Tastatur viel komfortabler ist. Bis ich an der für mich unabschaltbaren automatischen Worterkennung verzweifelte („Droge Ostern, liebe Mutter!“) und auch da verstummte. Jetzt hatten sie mich so weit: Trotz sauteurer Rundum-Flatrate für alle Netze und alle Zeiten benutzte ich mein Smartphone im Grunde nur noch, um mich über das Wetter draußen und die Uhrzeit zu informieren und unscharfe Fotos zu machen.

„So“, dachte ich, „jetzt bist du auf der sicheren Seite!“ Das war ein gutes Gefühl und ich genoss es, bis ich mich neulich mit dem Kollegen M. in einer Rüttenscheider Kneipe traf, um redaktionelle Fachgespräche zu führen. Da kippte während der leidenschaftlich geleisteten Überstunden ein Glas Bier um. Mein Glas Bier. Auf meine Hose und in meine Jackentasche. Worin sich das Smartphone befand. Das jämmerlich ersoff.

Jetzt ist es wieder in der Smartphone-Klinik zur Ausnüchterung. Und ich benutze in der Zwischenzeit ein uraltes verkratztes und völlig unsmartes Handy. Das ist blind und dumm und völlig unsexy. Es kennt keine Pastarezepte und weiß weder, wie das Wetter in Apulien ist, noch wie man am schnellsten zum Handyladen kommt. Es erkennt und versendet nur die Worte, die ich wirklich schreiben will. Und möchte ich wissen, wie das Wetter draußen ist, muss ich aus dem Fenster gucken. Aber falls Sie mich mal anrufen wollen ...

Das Kartoffelsalattrauma

Seitdem ich versuchte, Ihnen das Jahrhundertrezept meiner Mutter für Kartoffelsalat nahe zu bringen – und bei der Mayonnaise das Ei vergaß, habe ich ein Trauma. Ein Kartoffelsalattrauma. Das Kartoffelsalattrauma beschränkt sich nicht nur auf Kartoffelsalat, sondern umfasst mein ganzes Leben, und es verfolgt mich bis tief in meine Träume.

„Da fehlt der Bums!", schnauzte mich neulich nachts Tim Mälzer an, „da fehlt der Bums!" Und ich war im Traum hellwach. „Der was, Herr Mälzer?!" – „Der Bums!" „Pardon, Herr Mälzer", wagte ich einzuwenden, „das ist Kaffee, den ich gerade koche, da muss nichts bumsen!" Aber Tim Mälzer blieb unerbittlich. Und mehr noch – auf einmal stand der Schuhbeck drohend neben mir und nörgelte: „Tun's a bisserl an Ingwer nei, a bisserl an Ingwer!"

„In Kaffee?!", fragte ich entgeistert, duckte mich reflexartig vor einem gewaltigen Schuhbeckschen Löffelhieb, nur um mich von hinten derb beim Kragen gepackt zu fühlen: „Würzen, wüürzen, wüüüürzen!", brüllte Johann Lafer auf mich ein, und das Publikum in meinem Traumzimmer brüllte hysterisch mit, so dass ich fix zum Salzstreuer griff. „Sin' Ssie verrüggt? Tas sin' trei Proodeieinheidn!", moppelte der kriegsblonde Herr, der immer bei „Volle Kanne" der Frau Ballschuh was vorkocht, wo ich ja damals das Frühstücken vergessen habe.

Und es wurde noch schlimmer. Nachdem meine Frau den sauscharfen Ingwer-Salzkaffee probiert und daraufhin geäußert hatte, jetzt habe sie den Kaffee auf, pochte meine Tochter im Chirurgenkittel auf vegetarischen Kaffee und mein Sohn auf Kaffee ohne Pilze, und ich merkte, wie ein irres Kichern in mir hochstieg. Plötzlich ging die Traumtür auf und herein trat festen Schritts der unerbittliche Restauranttester: „Rach isst Blutwurst!", stand auf der Piratenflagge, die er mit der Hand schwenkte, in der er kein langes scharfes Küchenmesser trug, „wo ist die Blutwurst?" Mittlerweile aber trug ich selbst ein schweres Fleischerbeil in den Händen und herrschte ihn an: „Zum Frühstück gibt es keine Blutwurst. Ich habe Kaffee-, keinen Blutdurst!"

Da standen auf einmal die drei Küchenprofis neben mir und einer von ihnen näselte: „So wird das nie was!"

Ich war am Boden zerstört, wachte auf und überdachte mein Leben: War es richtig, meine glänzende Fußballer-Karriere so früh aufzugeben? Bloß weil mich außer Matthes Maruhn keiner mehr anspielte? Bloß wegen so 'nem bisschen Herzklappen-OP und Weber-C-Fraktur? Bloß weil ich schneller sein wollte als Bobby und es dann durch unsachgemäße Kippung des linken Sprungbeins zur Sprengung der Syndesmose kam und der Fuß zum Unterschenkel nach lateral subluxiert wurde? Oder bin ich einfach ein wehleidiges faules Weichei, das sich eingerichtet hat in seinem weichen bürgerlichen Nest? Seit wann bin ich eigentlich für Frauen unter 50 Luft, wenn ich eine Kneipe betrete? Und seit wann finde ich die über 50 schön? Wo sind meine Träume hin – und wo sind meine Haare? Darf ich noch ungestraft Blue Jeans tragen oder wäre mittlerweile eine graue Ganzjahresstrickjacke angemessen? Kann es denn sein, dass mir Kochen und Essen als Ausgleichssport vollkommen genügen? Warum sind alle Chefredakteur geworden und schreiben mordsgescheite politische Kommentare – außer mir? Und seit wann studiere ich die Seiten mit den Todesanzeigen so genau?

Mal ehrlich: Eigentlich müsste ich die Midlife Crisis mittlerweile locker hinter mir haben. Aber was ist denn das jetzt bloß für eine Krise, verdammich?!

Oder habe ich einen Burnout? Höchstwahrscheinlich ja. Alle haben im Moment einen Burnout: Manager, Sekretärinnen, Lehrer, Schüler und Studenten. Als stark gefährdet müssen zurzeit besonders Pförtner, Bademeister und Parkplatzwächter gelten. Angeblich soll der Dalai Lama letztens seine Yoga-Übungen abgebrochen haben – völlig ausgebrannt. „Mir fehlt der Bums!" soll er gesagt haben. Lächelnd.

Me and Mr. Jones

Das liegt alles an George Clooney

Meine Kinder sind übrigens Einlinge. Und das ist auch gut so. Rosa und Jan haben uns, als sie endlich da waren, einzeln vollkommen ausgereicht. Außerdem kriegen normale Leute Einlinge (und ich bin ein normaler Leut). Glauben Sie mir: Cousine Susanne und Schwiegerschwager Robin, Uwe und Renate und vielleicht Sie persönlich sind Ausnahmen. Nur Berühmtheiten kriegen Zwillinge, und es scheint so, als ob alle Berühmtheiten immer nur Zwillinge kriegten. Vor allem in Hollywood.

Zum Beispiel Mariah Carey.

Zum Beispiel Julia Roberts.

Zum Beispiel Jennifer Lopez und Angelina Jolie.

Oder Sarah Jessica Parker. Und die Liste ist noch bedeutend länger: Erwähnte ich Prinzessin Mary? Gut, die ist jetzt Prinzessin von Dänemark und nicht von Hollywood, aber berühmt ist sie auch, und die Königshäuser sind nun mal das Hollywood Europas. Aber Marcia Cross von den Desperate Housewives hat eindeutig gezwillingt und auch all die anderen, die mir jetzt nicht einfallen. Es handelt sich um Tausende!

Angefangen hat bei uns in Deutschland alles mit Kästners „doppeltem Lottchen" und in Hollywood mit Dany DeVito und Arnold Schwarzenegger in „Twins". Aber die waren eindeutig zweieiig.

Nun fragt sich der normale Menschenverstand ja doch, woher sie denn bloß kommt, die Zwillingsflut bei den Promis. Und warum sich die Nachrichten über Zwillingsschwangerschaften karnickelmäßig mehren wie neuerdings Meldungen über Sonnenschirme, Biertische, Kotflügel, Baby-Buggies und Hinterachsen auf der A52.

Ich weiß es. Die Promi-Zwillinge entstehen auf Bestellung weit weg in Amerika in irgend einem Emergency Room. Da geht das Star-Paar hin und sagt zum Onkel Doc locker „Hello". Dann fragt der wahnsinnig gut aussehende Arzt: „Und was wünschen Sie?"

„Wunschkinder."

„Aha, und wie viele so übern Daumen?"

„Och, so'n Paar", sagt das Paar.

„Kein Problem. Kostet 100.000 Dollar achtundneunzig, ein Autogramm auf meinem Oberschenkel, und Sie müssen mich einmal so anschauen, als wäre ich Brad Pitt."

Stell ich mir so vor. Kann ja vollkommener Blödsinn sein, aber genau so stelle ich mir das nun mal vor. Und wissen Sie, wer der blendend aussehende Doc ist?

Das weiß ich auch: Der hieß mal Dr. Ross und arbeitete sich lange im Emergency Room den Hintern ab. Der kennt sich aus, vor allem mit Kindern und so. Neulich ist er zum „sexiest man alive" gewählt worden, zum Weltoberschnuckel sozusagen, und sein Name ist Programm: George Kloni.

Aber sowas passiert ja nur in Hollywood und nicht in der Heimaterde. Obwohl: Ganz, ganz schräg gegenüber hat es vor Jahren in der Theodor-Suhnel-Straße sogar Drillinge gegeben (und es gibt sie noch), die müdesten Eltern und den breitesten Kinderwagen Mülheims.

Aber wer hat wieder mal alle Mehrlingsrekorde gebrochen?

Wir.

Das heißt: Unsere Smilla selig. Fünf auf einen Streich hat sie damals per Kaiserschnitt auf die Welt gebracht, eins schöner grau als das andere und einer ein bisschen blöder als die anderen, das war Jones. Seine Geschwister hießen Earl Grey, Flotte Lotte, Dicke Bertha und Elfriede. Von ihrem Vater fehlt bis heute jede Spur, aber es muss ein Mordstyp gewesen sein. Von seinen Kindern, die wir damals mit Milch aus der Liebesperlennuckelpulle durchgebracht haben, leben heute nur noch Jones und Early, und von Elfriede können wir es nur hoffen, nachdem sie eines traurigen Tages in Oberhausen spurlos verschwand. Die anderen Katzen sind mausetot, aber vorher waren sie, immerhin, auch ein kleines bisschen berühmt. Und wenn sie schon keine Spontangeburten waren, so waren sie doch wenigstens die Früchte einer Spontanzeugung. Und sie waren allesamt Wunschkinder und nie allein auf dieser Welt, und das alles ganz ohne George Kloni ...

Unsere sind unschuldig!

Au Backe! Da haben wir die gute Frau Puelacher aus dem schönen Rheurdt aber ganz schön verärgert. „Vogeltod im Katzenmaul“ war der Artikel in der NRZ am Sonntag betitelt, und schon den fand unsere Leserin gar zu reißerisch und „hochgradig unfair“. Schuldig am Vogeltod, meint sie, seien schließlich mitnichten die Katzen, sondern der Mensch mit seinen Maschendrähten, seinem Müll und seinem Gift und seinen krausen Vorstellungen von „Unkraut“, „Ungeziefer“ und „Wirtschaftswäldern“. Außerdem behauptet sie als bekennende Tierschützerin, dass in mit Deutschland verbündeten Ländern während des Vogelflugs jedes Jahr einhundert Millionen Singvögel gefangen und aufgegessen werden. Das schaffen nicht mal alle Katzen dieser Welt zusammen.

Und ehrlich gesagt ist da was dran.

An unserem Jones jedenfalls kann es kaum liegen, dass immer weniger Singvögel in unseren Gärten zwitschern. Wenn Jones sich so unauffällig anschleicht wie ein grauer Lkw mit kaputtem Auspuff, wird noch jede Blaumeise zur Spottdrossel. Wenn er was flattern sieht (und sei es eine blöde Motte), macht er hektisch immer sowas wie „meck-meck-meck!“ So kriegt er sie natürlich praktisch nie zu fangen, unsere gefiederten Freunde, es sei denn, sie fielen ihm aus dem Nest geradewegs auf den Kopf. Nur wenn dieser Fall der Fall ist, schleppt er seine Trophäen triumphalisch in unser Badezimmer im ersten Stock und verwandelt dasselbe innerhalb von wenigen Minuten in die Hölle von Frau Holle. Dann schnurrt er stolz, und meine Frau kreischt entsetzt und es ist überhaupt alles ganz furchtbar, weil ich dann immer die Trümmer und die Hysterie beseitigen muss.

Dabei haben wir von Kolumbus einszweidrei ja noch Glück, weil Johnny uns meistens Mäuse schenkt, die er aber dankenswerter Weise, meistens, vorher ordentlich aufisst. Bei unseren übernächsten Nachbarn aber ist das anders. Michael und Daniela haben, wie übrigens fast jeder in der Kolumbusstraße, auch zwei Katzen, Joy und Grace, und sie kriegen von ihnen eigentlich immerfort Geschenke.

Die schlankschöne Grace ist noch jung und topfit und bringt quasi täglich mehrere Mäuse zur Strecke. Die legt sie dann ostentativ draußen auf die große, an tausend Wochenenden entstandene Gartenterrasse oder mitten ins gemütliche Wohnzimmer und lässt sich dafür ausgiebig loben. Joy kann das nicht. Nach einer bösen Katzenkrankheit ist die Ärmste schon im zarten Jugendalter tragischermaßen halb erblindet und kriegt deshalb bei Mäusen keinen Stich. Und bei Vögeln schon mal gar nicht, klar.

Allerdings hat Joy ein gutes Herz und weiß, was sich gehört, und möchte auch nicht mit leeren Krallen zu Michael und Daniela schnüren. Darum bringt auch sie immer etwas aus dem Garten mit: Zweiglein, Blumenstängel, kleine Fichtenzapfen, mal einen Viertel-Farn und mal ein bisschen Moos. Und alle Trouvaillen drapiert sie für ihre Dosenöffner genauso liebevoll wie Amazing Grace ihre Mäuse.

Ich finde das rührend. Den Vogel aber schoss die gute Joy vor ein paar Wochen ab. Da hatte sie sich noch abends bei Danny ziemlich unbeliebt gemacht, weil sie irgendwie magenverstimmt war und ihr (hundertprozentig vogelfreies!) Nassfutter unappetitlich aufs Wohnzimmerparkett gewürgt hatte. Am Morgen aber war die Nachbarin platt: Da lag Joy malerisch auf dem Wohnzimmerfußboden – wie die bezaubernde Mena Suvari als „American Beauty“ in der Badewanne – in einem wahren Blütenmeer. Ganz offenkundig hatte sie aus schlechtem Katzen-Gewissen oder schierer Menschenfreundlichkeit im Garten Rosenblüten gepflückt und rosa Blatt für rosa Blatt ins Haus getragen und hübsch dekoriert.

Glauben Sie nicht?

Stimmt aber: Fragen Sie unsere Nachbarin.

Und das mit den Vögel vernichtenden Katzenmonstern stimmt eben nicht. Fragen Sie Frau Puelacher aus Rheurdt.

Störfall in der Heimaterde

Unsere Nachbarn haben, wie Sie vielleicht wissen, einen Teich. Es ist immer noch jener Teich, den sie vor tausend Jahren netterweise so konsequent abgesperrt hatten, dass unsere Blagen keine Chance hatten, darin ertrinken zu lernen. Als unsere Kinder ihre Seepferdchen hatten, kam das Absperr-Gitter weg, und kurze Zeit später kamen Fische rein, meistens Goldfische. Immer wieder neue, denn ihre Halbwertzeit entpuppte sich als ausgesprochen gering. Mal waren es die Bataillone von Heimaterdekatzen, die sie rausfischten, mal kam dann der Kormoran ran. Aber meist waren es doch die Katzen, Blümchen und Jones inklusive.

Stundenlang saßen sie, gerecht am Teichrand verteilt, friedlich mit den eigentlich herzlich verhassten Nachbarkatzen und guckten Fische. So wie dumme Kinder in die Waschmaschine gucken und ich die Sportschau. Und irgendwann waren immer alle Fische weg. Wir haben mehrfach kondoliert und unsere Quote am lokalen Fischfang irgendwie mit dem Katzenpamps verrechnet, den die Nachbarkatzen immer aus unseren Näpfen klauen, und mit dem Klogeld für unseren Garten. Die Aufregung hielt sich noch stets in Grenzen, denn es handelte sich ja doch meistens um Billigfische aus Katzengold, nicht um Kojs oder sowas.

Zuletzt aber müssen einige Goldfische – wahrscheinlich durch Selektion und Mutation – Techniken entwickelt haben, die sie für eine Weile den Fängen der Katzen entzogen. Da wurden die Nachbarn mutiger und kauften einen Stör. Keinen Riesenstör, aus dem man so tollen Kaviar rauspulen kann, eher einen Kleinststör, ein Störchen. Und dann noch einen, bis aus Nachbars Teich sozusagen ein Störchen-Nest geworden war.

Dann gingen die Katzen auf Stör. Ergebnis: Vor kurzem war Nachbars Teich völlig entstört. Die Katzen grinsten und die Goldfische wären fast ersoffen vor Lachen. Nach diesem Störfall rüsteten die Nachbarn auf. Sie kauften einen Bewegungsmelder für das Teichrandgebiet, der mit einer Wasserspritze gekoppelt urde. Mit großem Erfolg: Der Nachbar wurde mehrfach beim Rasenmähen vom hl erwischt und musste sich umziehen. Die Katzen und wir fanden das sehr ssant. Und weil der Nachbar so laut fluchte, trauten sich zumindest Jones ümchen nicht mehr rüber. Jetzt haben sie sich wieder aufs Mäusefangen , leider. Wobei Jones vermutlich eine Mäuseallergie hat: Denn wenn er eine essen hat, spuckt er sie – und zwar am Stück! – 20 Minuten später auf unseren hellen Wohnzimmerteppich, den synthetischen Nachfolger unseres Berbers, der damals so tragisch in meinem Rotwein ertrunken ist. Aber meistens isst er sie gar nicht, sondern tut das, was wir unseren Kindern immer verboten haben: „Mit dem Essen spielt man nicht, Jones!", mahnten wir, vergeblich.

Mit dem Essen spielt er eben doch, und Blümchen spielt mit. Wenn Jones mal eine unglückliche oder aber sehr, sehr langsame Maus erwischt hat, bringt er sie entweder hoch in unser Schlafzimmer und kümmert sich nicht mehr drum, bis meine Frau piepst. Oder er lässt sie im Wohnzimmer frei. Die Maus in ihrer Not flitzt irgendwann ins Kolumbus-Lampedusa: hinter das große Buchregal nämlich, in dem Kunstkataloge und Fotobücher stehen und in der Mitte, wie sich das gehört, das Fernsehgerät. Das führte neulich zu einer televisionären Koinzidenz, die in die Familiengeschichte eingegangen ist. Ich saß auf dem gilben Sofa und schaute mir Live-Berichte von der Seligsprechung Johannes Pauls II. an, und Blümchen und Jones guckten die Sendung mit der Maus: In der Erwartung eines Fluchtversuchs lauerte eine Bartelsche Katze links und eine rechts vom Regal. Irgendwann war der Papst selig. Und unsere Katzen waren's, etwas später, auch ...

Jones tut das nicht

Ich habe ich mich neulich mal wieder etwas länger mit Jones unterhalten. Über das Alter, die Figur von früher und das Problem mit den Mäusen und so. Er war ein bisschen brummelig, was in jüngster Zeit schon mal häufiger vorkommt. Aber diesmal war's wohl nicht die Kater-Midlife-Crisis; er hatte irgendwie einen Bestseller aus den USA in die Krallen gekriegt, der jetzt auch auf Katzenhochdeutsch vorliegt: „How to Tell If Your Cat Is Plotting to Kill You" ist der Titel, was soviel bedeutet wie „Woran du erkennst, dass deine Katze deinen Tod plant".

Jones war schon über den Titel entrüstet, hatte dann aber doch, neugierig geworden, tapfer ins Buch reingelesen. Und er war dabei auf einige Cartoons gestoßen, in denen Katzen merkwürdige Dinge tun: zum Beispiel Hundefutter essen, sich raffiniert, aber völlig blödsinnig an leckere Rasenmäher heranschleichen, tagelang einfach verschwinden, ohne vorher ein Wort gesagt zu haben, um plötzlich wieder da zu sein. Und Jones sagte: „Na und? Normal!"

Dann gab es da eine sehr anschaulich bebilderte Anleitung zum fachgerechten Katzenkraulen, die er mir kommentarlos rüberschob. „Was soll das, Jones?", fragte ich ihn ein bisschen indigniert, „das kann ich doch schon, und zwar sehr gut, wie du sehr gut weißt!"

„Stimmt auch wieder", brummelte er, hielt mir aber dann das Kapitel unter die Nase, das dem Buch seinen Namen gab: „Woran du erkennst ...". Unter den Stichworten „Treten und trampeln" stand da zu lesen: „Du hältst es vielleicht für einen Zuneigungsbeweis, in Wirklichkeit aber überprüft sie deine inneren Organe auf Schwachstellen."

„Stimmt das, Jones?", fragte ich ihn, schon ein bisschen beunruhigt.

„Niemand hat die Absicht, seinen Dosenöffner zu killen", antwortete er, pustete auf seine ausgefahrenen Krallen, als wären sie frisch lackiert und machte sein berühmtes Jones-Gesicht, ein bisschen dämlich, aber irgendwie doch genial.

„Und dass ihr beim Scharren im Katzenstreu bloß das Verbuddeln von Leichen übt?"

„Pffft!" machte Jones verächtlich.

Ich wertete das zwar dankbar als Dementi, aber mein Argwohn war doch längst erwacht. Der schlief ein bisschen wieder ein bei der Passage, in der der Autor, ein angeblich kultiger Amerikaner namens „Oatmeal", behauptet, beim Gähnen zeige die Katze nicht ihre Müdigkeit, sondern, im Gegenteil, ihr „Killergesicht". In Jones' Kille-kille-Killergesicht fehlen schließlich seit seinem bösen Unfall ein paar fürs Killen dringend notwendige Zähne.

„Hier steht auch, was das zu bedeuten hat, wenn ihr uns tote Tiere als Geschenk bringt ..."

„Aha, und was hat das zu bedeuten?"

„Das ist kein Geschenk. Es ist eine Warnung!", zitierte ich leicht zittrig.

„Oh, ist es das..?", fragte er gedehnt zurück.

„Und willst du mich wirklich ersticken, wenn du mir nachts deine Pfote aufs Gesicht stellst, Jones?"

„Quatsch", sagte Jones beleidigt, „das tu ich nur, wenn du mal wieder schnarchst."

„Ich schnarche nicht!" protestierte ich, „ich habe nie und werde nie ...!" Wobei ich mir zugegebenermaßen ziemlich dämlich dabei vorkam, mich gerade ausgerechnet gegenüber einem kastrierten, elf Jahre alten, stinkfaulen grauen Halbkartäuserkater zu rechtfertigen.

„Außerdem ist unser Gespräch der reine Blödsinn. Du kannst ja überhaupt nicht lesen!"

„Kann ich aber do-hoch!" insistierte Jones, und las mir betont langsam einige Auszüge der hymnischen Buch-Kritiken vom Klappentext vor.

Dann spürte ich eine Katzentatze auf meiner Nase und wachte schnurrend auf.

Kommt ein Kater zum Arzt

So, jetzt mal was über Krankheiten und die Macht der Erinnerung.

Ich komm nicht drumherum. Bei meinem Freund Christian, der als Lektor in München lebt, hat auf einmal die Mitralklappe gequietscht. Ist aber auch bei ihm alles gut gegangen, er schafft schon wieder 50 Watt auf dem Ergometer, ist dabei nicht vom Rad gefallen und wieder ganz zuversichtlich. Er grüßt Sie übrigens schön aus Bad Wiessee, wo er seine Reha macht.

Schön da in Bad Wiessee. Ich war mal dort im Urlaub, lange her, und ich muss zugeben, der Tegernsee ist auch nicht hässlicher als der Baldeneysee oder die Xantener Südsee, jedenfalls nicht viel. Auf seinen ersten Spaziergängen in Zeitlupe hat er im Rehazentrum eine Ruhmeshalle entdeckt, womit die Bayern mächtig angeben: Schon der König von Malaysia ist hier majestätisch durch den Kurpark geschlurft und Helmut Kohl auch. Und – festhalten – Jopi Heesters! Und zwar in seinen jungen Jahren, 1870/71, vermute ich. Seitdem mache ich mir um Christian gar keine Sorgen mehr.

Um Jones übrigens seit kurzem auch nicht mehr. Mein blöder Kater hatte entweder eine schlimme Kratzerei oder ist an einem scharfen Draht hängengeblieben. Jedenfalls hatte er am linken Hinterbein eine klaffende Wunde. Aua. Sah echt übel aus, das ganze Fell war weg, und Jones sah untenrum irgendwie aus wie ein geschlachtetes Kaninchen am Wild-Stand auf dem Rüttenscheider Markt. Und er humpelte fast so spektakulär durchs Wohnzimmer wie ich montagabends nach dem Volleyball.

Nun gibt es da glücklicherweise die gute Frau Schiller, die Heimaterde-Tierärztin unseres Vertrauens. Das ist jene wundertätige Veterinärin, die Jones damals mit viel Weisheit und noch mehr Spritzen ins Leben zurückgeholt hat. Sie kam quasi jeden Tag mit ihrem Auto vorgefahren, hat ihre halbe Praxis ausgepackt und sich von Jones beinahe häckseln lassen. Nun, er ist ja privatversichert.

Jones scheint das nicht vergessen zu haben. Ausgerechnet Jones, den ich bisher für einen ernsten Kandidaten für Katzen-Alzheimer gehalten habe. Immerhin vergisst er spätestens nach fünf Minuten, dass er schon gefressen oder dass man ihn zwei Augenblicke zuvor nach langem Quengeln aus der Tür hinaus gelassen hat. Außerdem hat er völlig vergessen, dass in der Heimaterde zuweilen

Autos über graue Kater drüberfahren, wenn dieselben zu faul oder zu doof sind zum Flüchten und bräsig auf dem grauen Pflaster liegen.

Nur wenn er unser eigenes Auto hört, steht er sofort auf und macht sich wie ein Zombie auf den Weg zum Fressnapf: Mein Kater, der bekanntlich denkt, er sei ein Hund, der denkt, er sei ein Mensch, kombiniert Spatzenhirn mit Elefantengedächtnis.

Denn er hat entweder einen geheimen Kurs in Selbstdiagnose absolviert oder sich genau an die Heilkräfte der guten Frau Schiller erinnert. Oder er steht auf Desinfektionsmittel. Als meine Frau die paar hundert Meter zum Schillerschen Heimaterde-Häuschen spazieren wollte, um von Johnnies neuesten Malaisen zu berichten und ärztlichen Rat einzuholen, ist er nicht nur trotz Hinkebeins einfach mitgeschlurft; nein, er ist vorneweg getrottet.

Normalerweise geht man ja nicht mit einem Kater zum Arzt, sondern ins Bett oder zum Alibert, und schon mal gar nicht geht der Kater alleine oder voraus. Aber unser Jones ist eben etwas speziell.

Bisher eskortierte er uns ja nur traditionell bei der Routine-Katzenrunde von der 123 über den Teich und zurück, begleitete uns beim Friedhofsbesuch oder zum Terrassen-Bierchen in den Krug; jetzt machte er die Vorhut und tat so, als wäre der Arztbesuch seine persönliche Entscheidung. Und als sie vor der Tür standen, hätte er noch gerne selbst den Klingelknopf gedrückt, aber der ist echt zu hoch für meinen auch intellektuell tiefergelegten Kater.

Drinnen gab's dann von Frau Schiller Komplimente, interessante Hunde und leckere Spritzen. Und als der Kater wieder heil war, begleitete er die Frau nach Hause.

Die Katzenpost ist da

Ja, ich weiß: Jones, immer nur Jones. Unser Blümchen ist in dieser Kolumne schändlich unterrepräsentiert. Aber das liegt an einem ganz einfachen Sachverhalt: Indiana Jones ist eine Wundertüte und Blümchen, pardon, die langweiligste Katze der Welt. Wenn sie nicht gerade auf der Kegelbahn des Krugs zur Heimaterde verschütt geht oder sich von Autos überfahren lässt, lässt sich über sie praktisch gar nichts berichten.

Dann ist sie entweder weg oder liegt wie ein Brikett im Ehebett herum. Oder sie kommt zwinkernd angestakst und nippt an ihrem Spezial-Blümchen-Katzenpamps, falls Jones ihr etwas übriggelassen haben sollte, und legt sich dann wieder hin. Sie ist nicht scheu und nicht übermäßig anhänglich, sie lässt sich nicht auf Abenteuer ein und macht uns keine Sorgen. Wäre sie ein Mensch, würde sie wahrscheinlich beim Finanzamt arbeiten. Sie ist im Allgemeinen ein ausgeglichener Typ und hat nur eine Macke: Sobald sie eine verschlossene Tür sieht, wird sie zappelig und möchte, will, muss raus. Sofort. Das kommt vom Kegelbahn-Trauma, sagt unsere Katzenpsychiaterin. Das muss so. Und wir nehmen das hin.

Jones kriegt bis heute Verehrer-Briefe, mit denen er angibt wie ein Sack Seife. Und an meiner Redaktionswand hängt noch immer die Jones-Zeichnung, die Frau Lumm aus Dinslaken einst zur Feier seiner Wiederauferstehung angefertigt hat. Und vor mir liegt der Brief von Madame Debbie aus Mülheim. Debbie, steht darin zu lesen, „ist eine Hündin, die sich für eine Katze hält, die glaubt, dass sie ein Mensch ist". Also irgendwie eine Seelenverwandte von Jones, der ja glaubt, er sei ein Hund, der glaubt, er sei ein Mensch. Alles deutet also darauf hin, dass sich auch Madame Debbie bei der letzten Seelenwanderung ziemlich gründlich verlaufen hat.

Hochinteressant, das.

Außerdem hat Debbie ihrem Brief freundlicherweise einen Mülheimer Plattkalender beigelegt, in dem sich auch die Strophe des Mölmschen Martinsliedes findet, in dem es katzenverzückend heißt: „Muus, Muus, kumm eruut!" Jones ist begeistert, schließlich ist er im V-Fall der platteste Kater Mülheims. Ach, Jones ...

Vor langer Zeit aber hat auch Blümchen einmal Fanpost bekommen, und zwar aus Moers-Utfort. Kurt Meyer hat unserm schwatten Frollein eine charmante Postkarte geschrieben. Kurt Meyer, das sieht man auf dem Foto, ist ein bildschöner getigerter Kater, und auf dem Foto trägt er eine Spielzeugmaus auf dem Kopf. Dabei wirkt er, wiederum pardon, ein bisschen dämlich, ein bisschen wie – genau: Jones.

Allerdings scheint Kurt Meyer etwas jünger und ein verkaterter Casanova zu sein. Er schreibt: „Hallo, liebes Blümchen, bitte gräm Dich nicht. Es gibt auf dieser Welt viele hübsche Kater, wie zum Beispiel mich! Mit einem Pfötchenwackeln grüßt Kurt Meyer."

Liebe Familie Meyer-Dietrich aus Moers-Utfort, Blümchen fühlt sich sehr geschmeichelt und bittet um Entschuldigung dafür, dass sie so spät auf Ihre liebe Post antwortet. Aber sie ist nun mal ein bisschen schüchtern und Analphabetin. Jones musste ihr den ganzen Brief vorlesen. Jetzt hat Blümchen die Postkarte mit ins Ehebett genommen und schaut den halben Tag träumerisch das Kurt-Foto an.

Finde ich aber auch langweilig.

Dabei fällt mir ein etwas älterer Brief in den Blick: Auch der stammt aus Moers-Utfort. Allein: Dieser Brief kam von einer höheren Dame namens Paulina Dietrich und ist an Johnny gerichtet. Pauline sagt von sich selber, sie sei – wie Jones – eine Fast-Kartäuserkatze, bald ehrwürdige 20 Jahre alt und „eine Blondine in Katzengestalt" und schlägt einen „rein platonischen Gedankenaustausch" vor, so von Fast zu Kartäuser.

Hä?

Liebe Meyer-Dietrichs, kann es sein, dass Sie bei sich daheim einen Eheanbahnungs-Zoo betreiben? Und: In der Kolumbusstraße einszweidrei gibt es nur anständige Katzen, da ist kein Platz für platonische Liebe und andere Schweinereien!

Und ich mach die Dose nicht auf!

Er starrte mich an.

Ich starrte zurück.

Ich würde nicht als Erster blinzeln, auch wenn seine bernsteinfarbenen Augen mir signalisierten: doch! Und ich würde jetzt auf dem Sofa sitzenbleiben und den neuen Roman von Gianrico Carofiglio lesen. Ich würde auf keinen Fall aufstehen, um schon wieder eine Katzenpampsdose aus dem Küchenschrank zu holen und sie meinem Kater ins Maul flattern lassen. Das hier ist schließlich nicht das Schlaraffenland, sondern die Kolumbusstraße. Ich bin kein Kater-Catering. Und Jones ist fett genug. Und faul.

„Ich habe Hunger!“, sagte Jones.

Ich habe Zeit, sagte ich.

„Ich habe großen Hunger!“

Dann fang Mäuse.

„Ich weiß, dass da noch jede Menge Pampsdosen im Küchenschrank sind.“

Und ich weiß, dass draußen noch jede Menge Mäuse rumlaufen.

„Die laufen mir aber weg.“

Du bist einfach zu faul, Mäuse zu fangen. Außerdem kannst du keinen Hunger haben, weil du erst vor einer halben Stunde gefressen hast, und zwar zum dritten Mal heute.

„Doch!“

Du hast höchstens Appetit oder einen Anfall von Fresssucht.

„Appetit ist für eine Edelkatze schlimmer als Hunger.“

Sag das mal den armen Katzen in Afrika ...

„Herrje, nun kommt das schon wieder ...!“

Die wären froh ...

„Jajaja. Nu hol endlich den Pamps!“

Oh, nein.

„Oh, doch!“

Niemals.

„Ich kann warten.“

Ich auch.

„Aber ich langweile mich nicht dabei, du schon.“

Ich zieh das durch, du wirst dich wundern ...

„Auch."
Menschen, mein lieber Jones, werden älter als Katzen.
„Aber Katzen haben die besseren Nerven."
Nur wenn sie keinen Hunger haben.
„Oder kein Personal!"
Was würdest du eigentlich ohne mich tun?
„Pfft. Mäuse fangen?"
Siehste, dann fang Mäuse.
„Wieso? Du bist doch da."
Fang Mäuse!
„Magst du selbst eigentlich Rohkost?"
Nein. Wieso?
„Siehst du, ich auch nicht."
Aber du bist ein Kater, Jones, ob du's glaubst oder nicht.
„Mal angenommen, ich würde jetzt echt Mäuse fangen ..."
Ja?
„... und würde tatsächlich welche draußen erwischen ..."
Jaha.
„Dann würde ich zunächst draußen ein bisschen mit ihnen rumspielen, ein bisschen reinbeißen und dann mit meinen Krallen, zack!"
Bestie!
„Und dann würde ich sie ins Haus schleppen und dort laufen lassen."
Mensch, Jones!
„Na und? Und dann würden sie mal wieder hinter die Bücherwand im Wohnzimmer flüchten. Und ich würde mich stundenlang davorlegen und so tun, als ob ich wartete, bis sie rauskommen – oder ..."
Oder?
„Ich werde warten, bis ihr die ganze Bücherwand abbaut und von der Wand rückt und die blöde Maus rausscheucht oder sie anfängt zu stinken."
Igitt. Du bist ein Monster, Jones.
„Und Frau Miau wird wieder so hysterisch schreien wie damals, als ich die Amsel oben im Badezimmer gerupft habe."
Jones!
„Kannst du das wirklich wollen?"
Möchtest du Hühnchen-mit-Reis oder lieber Kaninchen-Möhrchen-Pamps?

Kolumbus-Cuvee

Nein, Sie werden es in Ihrem Herkunftswörterbuch nicht finden. Etymologisch lässt sich meine These nicht zweifelsfrei belegen, denn der Ausdruck Pragmatismus soll ja angeblich von griech. *pragma* „Handlung“, „Sache“ kommen und für eine Handlungsweise stehen, die sich zur Problemlösung nach den realen Gegebenheiten richtet und sich nicht an Prinzipien, Vorurteile oder Ideologien klammert. Ich aber sage Ihnen: Der Pragmatismus wurde in Prag erfunden. Und sagen Sie jetzt nicht „bullshit“, denn es geht um Elefanten.

Der Prager Zoo, der nicht gerade mit Reichtum gesegnet ist, hat nämlich eine Möglichkeit gefunden, buchstäblich aus Scheiße Gold zu machen: aus Elefantenscheiße.

Ende April hat der Tiergarten der tschechischen Hauptstadt seine Merchandising-Palette offiziell erweitert. Seitdem verkauft er die Hinterlassenschaften seiner ansonsten nutzlosen Elefanten nicht nur als Souvenir in praktischen 1,5-Liter-Eimern, sondern zum fairen Preis von 70 Kronen (knapp drei Euro) als Biodung. Und die tschechischen Kleingärtner sind ganz verrückt danach. Offenbar haben die tschechischen Apfelbäume, Radieschen und Kartoffeln nach Elefantenkötteln geradezu gelechzt. Immerhin: Elefantendung ist mineralienreich, stinkt nur ganz dezent, ist gut zu verarbeiten und sowas von bio. Absatzprobleme gibt es nicht. Fast jeder Tscheche ist irgendwie auch Kleingärtner, und erste Anfragen aus dem Ausland sind auch schon eingetroffen, wie man hört. Nachschubprobleme sind nicht in Sicht: Großvieh macht auch Mist, immer. Jeden Tag hinterlassen die grauen Dickhäuter, die sich als überzeugte Vegetarier von Ästen, Zweigen, Wurzeln und Gras ernähren, 140 bis 180 Kilogramm frische Exkremente. Die werden nun von den Tierpflegern zusammengefegt, in die Eimer gefüllt, gedeckelt und können gleich am Elefantenpavillon abgeholt werden. Wer seinen Eimer wieder mitbringt, kriegt 20 Prozent Rabatt.

Warum ich das erzähle? Weil ich seit Tagen ernsthaft darüber nachdenke, das clevere Prager Geschäftsmodell auf den Kolumbusgarten zu übertragen. Wie Sie ja wissen, ist mein Garten das Universalklo für alle Heimaterdekatzen, und angeblich pilgern schon Katzen aus Essen-Frohnhausen, Haarzopf und Fulerum zur Nummer 123, um hier, weil's so schön ist, zu verklappen. Und nun sagen Sie mal: Warum sollte ich die Sache nicht pragmatisch angehen und die frechen Mistmacher zu Goldeseln machen? Macht der Prager Zoo doch auch. Und Geld stinkt nicht.

Ich weiß übrigens, dass das ein Massenphänomen ist. Wenn Sie ein bisschen herumgoogeln, werden Sie auf über 9.000 Eintragungen zum Stichwort „Katzenkacke" stoßen. Und niemanden finden, der eine Lösung für das Problem parat hätte, die eigenen oder fremden Katzen an ihrer Geschäftemacherei zu hindern. Ich erwäge also, aus der Notdurft eine Tugend zu machen. Überlege, ob ich nicht den ganzen Mist zusammenfegen, in kleine Eimerchen füllen, auf den Markt werfen und stinkreich werden soll. Mir schwebt bereits eine ganze Produktpalette vor: Wenn der Prager Zoo Erfolg hat mit Elefant-pur, dann wird er früher oder später sicher auch noch Verschnitte anbieten: einen Elefanten-Zebra-Blend zum Beispiel.

Auf unseren Garten übertragen würde das nahelegen, es mal mit Katzen-Tauben-, Katzen-Meisen- oder einem Kolumbus-Katzen-Igel-Elster-Cuvée zu probieren. Denn Sie glauben ja nicht, was alles in meinen Garten hineinmacht. Die Wirkung auf heimische Gemüse wäre natürlich abzuwarten; ja, es könnte durchaus sein, dass unter der konzentrierten ornithofeliden Jauche alle Pflänzlein so traurig weggeätzt werden wie der Bärlauch oder mein schöner großer Rhododendron. Aber sollte das bewiesen werden, könnte ich unser Naturprodukt immer noch ganz pragmatisch als Bio-Waffen feilbieten. In Reinmachgläsern.

Eine Idee für ein Firmenschild habe ich übrigens auch schon:

Bartel & Co
Groß-Handel

Dies und das

„Wetten, dass?“ muss weitergehen

Meinetwegen können sie die Frankfurter Börse verbuddeln („Frankfurt 21“) und in Stuttgart einen Wolkenkratzerbahnhof bauen; meinetwegen kann Deutschland sämtliche Autofabriken, Chemie- und Stahlwerke abschaffen und komplett auf die Produktion von Rettungsschirmen umsatteln, und wenn sie den Kanzlerkandidaten der SPD demnächst im Dschungelcamp auskungeln wollen, soll mir auch das recht sein. Aber „Wetten, dass?“ muss weitergehen. Die Nation braucht diese Sendung dringend. Natürlich gibt es das Grundgesetz – aber wer rennt schon den ganzen Tag mit dem Grundgesetz unterm Arm durch die Gegend und plaudert über Artikel 1? Dagegen traf man immer jemanden, der ebenfalls (und sei es „garantiert zum letzten Mal!“) „Wetten, dass?“ geguckt hatte und es grottenöde oder höchst amüsant fand. Jedenfalls hatte man selbst mit den langweiligsten Leuten stets ein gemeinsames Thema. Und es gibt eine Menge langweiligste Leute.

Und dann schmeißt der Gottschalk hin. Und dann will keiner sein Nachfolger werden. Fast täglich man lesen, wer da wieder abgewinkt hat, weil die Schuhe zu groß sind oder der Mut zu klein ist. Das ZDF rennt seit Monaten von Pontius nach Pilawa und steht kurz davor, extra eine Casting-Show dafür zu starten.

Aber der Pilawa will nicht, der Hape Kerkeling will auch nicht, Raab, Kerner und Beckmann haben Besseres zu tun, Frau Engelke weigert sich, und der Lanz tut so, als müsste man ihn erst mit Waffengewalt dazu zwingen. Demnächst werden garantiert Rudi Cerne aus Herne und Herr Opdenhövel schwarzen Rauch aufsteigen lassen, denn mittlerweile haben sogar Leute abgesagt, die entweder kein Aas kennt oder die man gar nicht gefragt hat. Hörte ich da Carsten Spengemann? Warum nicht gleich Verona Pooth? Oder Lothar Matthäus? Und wie heißen noch die beiden Jung-Moderatoren, die da irgendwer mal ins Spiel gebracht hat? „Joko Winterscheidt und Klaas Heufer-Umlauf“? Ach ja ...

„Wetten, dass?“ muss weitergehen. Schließlich haben wir uns damals das weiße Ledersofa nur angeschafft – breit, tief, mit verstellbaren Rückenlehnen –, damit die ganze Familie samstags beim Gottschalk-Glotzen Platz hatte. Es war die einzige Sendung, bei der das wenigstens ab und zu gelang, zumindest so lange, bis Rosa von Freitag bis Montag durchzufeiern und Jan erst nach 22 Uhr abends zu frühstücken begann. Jetzt ist das Sofa gelb, abgeschabt, von Krallen zerschlitzt und sinnlos. Und alles nur, weil sich niemand findet, der mit drei Stunden Quasseln einen Haufen Kohle verdienen will.

Wissen Sie was? Notfalls mach ich es eben. Ich kann zwar nix, aber das könnte ausreichen. Über welche Qualifikationen ein „Wetten, dass?"-Moderator nun eigentlich und unbedingt verfügen muss, das ist mir bis heute nicht ganz klar. Extensive Vorbereitung auf seine Promis hat sich der Meister aus Kulmbach schließlich nicht zuschulden kommen lassen.

Ich würde vermutlich die gleichen Gäste einladen wie er, und auch unser Musikgeschmack ist ziemlich ähnlich (das weiß ich seit meiner Münchner Zeit, als „Thommy" in Bayern 3 „Pop nach acht" moderierte, die einzige Radiosendung, die ein WDR-verwöhntes Ohr damals in Bayern ertragen konnte). Außerdem kann ich gut „ja, Herrschaften ...!" sagen und notfalls auf Kommando ein freundliches Gesicht machen. Und mit Michelle Hunziker zu flirten, traue ich mir auch noch zu. Außerdem: Seitdem ich so abgenommen habe (ja-ha!), muss ich mich sowieso neu einkleiden, und die hässlichen Schuhe zu den albernen Klamotten würde ich notfalls selber zur Sendung mitbringen.

Nicht, dass ich mich hier selber anpreisen wollte, bewahre, aber ich ich denke, ich verkörpere darüber hinaus gediegenen Familiensinn, bin (hallo, Nene!) absolut schwiegermuttertauglich, und innerlich, glauben Sie mir, bin ich immer noch blondgelockt. Also, liebes ZDF: Lass „Wetten, dass?" nicht sterben. Und: Nimm nicht die, die sich anbieten. Nimm mich!

Von Männerträumen und Traumfrauen

Apropos Frühlingsgefühle: Jetzt da der Weltfrauentag auch schon wieder zwei Wochen her ist, kann Mann die Heuchelei ja wieder ein klein wenig runterfahren. Und zum Beispiel zugeben, dass, so schön man auch verheiratet sein mag, man doch ein wenig traurig ist. Weil Halle Berry einen Neuen hat.

Ich zum Beispiel lese das und bin klammheimlich traurig. Nicht, dass in nächster Zukunft ein Stelldichein mit Miss Berry angestanden hätte, aber traurig bin ich doch drüber, dass es nun leider – vorerst – mit Halle und mir nichts wird. Schließlich muss ich schon seit Jahren verkraften, dass Sophia Loren zu alt und Meg Ryan zu vergeben ist und Angelina Jolie mit ihrem Herrn Pitt Hand in Hand durch die Welt und die Presse strahlt. Sie mögen ja lachen, aber für mich ist das bitter. Dabei war Angelina, Ihnen kann ich's ja verraten, für mich von vornherein tabu. Ich hätte, auf Ehre!, ihr und Brad niemals dazwischengefunkt, denn im Falle eines Falles würde es mir meine Frau nie und nimmer verzeihen, Brad Pitt traurig gemacht zu haben.

Und dennoch: Seitdem ich das von Halle Berry weiß, bin ich melancholisch gestimmt, ein tagverträumter Esel ohne Chancen, aber mit Glatze und Gefühlen. Für die sich kein Aas interessiert. Außerdem würden Männer über solche Gefühle nicht reden. Vor allem reifere Männer haben ja keine Gefühle, sondern einen Bauchansatz, einen Bausparvertrag und kindische Sehnsüchte. Und jetzt kommen Sie mir bitte nicht mit Heidi Klum! Auch hier: keine Chance, aber aus anderen Gründen. Ich weiß zwar, dass ich, wenn ich will, ganz irre verführerisch gucken kann, aber ich fürchte doch, ich bin, realistisch betrachtet, näher am Clown als am Clooney. Und auch die schönsten Schmachtesternchenaugen machen auf schönste Damen praktisch null Eindruck, wenn sie hinter Schlupflidern verborgen sind oder man sich beim Anhimmeln die Finger in die Ohren bohrt. Das sieht einfach bescheuert aus. Aber leider ist die Bundes-Heidi eine Traumfrau nur für Männer, deren Träume stummgeschaltet sind.

Dabei ahne ich, dass auch ich verstummen würde, würde ich jemals einer dieser Damen zufällig in Wirklichkeit begegnen. Ich weiß, dass mein Freund D. Schwitzehände hatte, als er in Berlin einmal plötzlich vor Gong Li (Gong Li!) stand. Und dass der notorische Quatschkopp keinen einzigen sinnvollen Ton rausbrachte, als er einmal zu Penelope Cruz hätte sagen können: „Guten Tag,

Frau Cruz!“ Nix hat er gesagt, nur sowas wie „grrks!“ und ist dabei rot angelaufen.

Natürlich haben wir ihn mit Hohn und Spott übergossen und viel „Hähä“ und „Höhö“ gemacht. Aber mir zum Beispiel wär es garantiert genauso ergangen. Ich habe schließlich auch erbärmlich rumgestottert, als ich meiner Gattin das erste Mal begegnete: Sie war einfach zu schön für einen Bürgerlichen. Wissen Sie eigentlich, wer aktuell auf dem Markt der Tagträume ist? Ich persönlich mag ja Julia Roberts – wir kennen uns aus (fünf Mal) Notting Hill. Und Cameron Diaz. Und Natalie Portman (aber die ist für meine Träume zu jung). Und Sandra Bullock. Als sie so schändlich von ihrem Mann betrogen wurde, bin ich spontan auf einem weißen Pferd nach Hollywood geritten und hab sie rausgeholt aus ihrem Tränental – und hätte dabei fast die Blitz-Ampel an der Friedrichstraße überfahren. Aber Sandra weiß nichts davon.

Das ist fast so traurig wie die dumme Sache mit Halle oder die Horror-News, dass sich Jessica Alba mit ihrem Freund wieder vertragen hat, der dummen Nuss. Glauben Sie mir: Solche Tage sind für mich schon beim Frühstück gefrühstückt, und nicht nur für mich. Genauso idiotisch sind natürlich die jähen Stimmungsaufhellungen an trüben Tagen, wenn zu erfahren ist, dass es da wieder irgendwo zwischen Palm Beach und Beverly Hills so richtig fies kriselt. Haben Sie auch gelesen, dass Elle Macpherson wieder solo ist? Dass sich dieser Pfeifgenheinz von ihr getrennt hat? Von Elle Macpherson?! Also ich bin seitdem gut gelaunt, wenn auch ein bisschen nervös. Und ich weiß, dass es meinem Kollegen F., auch schon über 50, genauso geht. „Hast Du gehört, dass Elle Macpherson wieder solo ist?“, hat er mich gefragt, und er sah dabei echt glücklich aus, der alte Esel. Als ob der eine Chance hätte! Bei Elle Macpherson! Gegen mich!!!

Lang leben die Unterhosen!

Dies war die Woche der tieferen Erkenntnisse. Die waren, zugegeben, wenig spektakulär, haben aber weit reichende Folgen. Ich habe mir zum ersten Mal in meinem Leben eine lange Unterhose gekauft. Ein Meilenstein, denn ich entstamme einer Generation, die sich jahrelang in absurd enge Hosen zwängte und viel zu cool war, um sich lange Unterhosen anzuziehen. Was daran gelegen haben mag, dass man mit langen Unterhosen in die engen Jeans überhaupt nicht reingekommen wäre, geschweige denn jemals aus ihnen raus. Vor allem nach dem Salzbad in der Badewanne. Während mein Vater sommers wie winters seinen Lebensweg in Dreiviertellangen durchlief, habe ich persönlich, der längst Hosen trägt, in denen man sich bücken und setzen kann, das Gefühl, mir an vorderster Front für die Schönheit und den Weltfrieden den Hintern abgefroren zu haben. Bis ich vor ein paar Tagen bei einem kurzen Gang zum Bäcker einsehen musste, dass bei den vorherrschenden Temperaturen nicht nur Bäckers Brötchen kalt werden.

Viel zu kalt, echt.

Ich bin zunächst etwas ratlos durch die einschlägigen Geschäfte gestromert und habe versucht, dabei nicht gesehen zu werden. Dann habe ich mich im Grundsatz für was Modisches entschieden, also sowohl gegen Sloggilonglong und liebestöterischen Feinripp als auch gegen kostenlose Bandenwerbung über der Haut und lustige Tierfiguren. Männer in langen Unterhosen sehen auch ohne lustige Tierfiguren hinreichend albern aus, finde ich.

Gekauft habe ich Unterhosen, die notfalls als sportive Skiunterwäsche durchgehen könnten. Natürlich keine dreiviertellangen, denn die hat man nach zwei Treppenstufen immer in der Kniekehle sitzen. Was in meinen Augen ähnlich unvorteilhaft ist wie es einstmals die berüchtigten Strumpfhosen waren, die man immer überpellen musste, „damit die Nieren warm bleiben!“ Die fusselten nicht nur und machen diese fiesen kleinen Knötchen; bei denen rutschte man auch noch oben hinten raus, während sich gleichzeitig unten vorne, also an den Fußspitzen, groteske Zipfel bildeten. „Nie wieder mehr drunter als nötig!“, habe ich mir damals geschworen, überzeugt, dass man es einem drüber ansieht, was er drunter anzieht. Und über Apachen mit Strumpfzipfeln oder in dreiviertellangen Unterhosen hätte damals die ganze Altendorfer Prärie gelacht.

Ich kaufte mir also lange, „sportliche" Unterhosen, wobei ich scharf auf die Preise guckte. Schließlich kostet heute die „Funktionswäsche" so viel wie früher ein ganzer Skiurlaub. Und das Auge guckt ja mit.

Das hat auch der Münchner Stürmer Arjen Robben erfahren müssen, der pikanterweise seine langen Unterhosen unter den kurzen Turnhosen trägt (und nach einem DFB-Urteil zwingend seine gewohnten grauen wegpacken muss und welche in Bayern-Rot anziehen). Mir dagegen war die Farbe schnurzegal: Hauptsache blau.

Wobei ich in kritischer Selbstbetrachtung einräumen muss: Meine schick-sportliche Unterwäsche sieht haargenauso aus wie die aus der spießigen Unterwäsche-Abteilung. Eigentlich beschränkt sich das Sportliche daran auf den Umstand, dass ich meine Unterhosen in der Sportabteilung gekauft habe und nicht in der Feinripp-Grabbelecke. Vor dem Kauf habe ich ein typisches Skifahrer-Gesicht gemacht und bin mehrfach um den Langeunterhosenstand herumgecarvt, bis ich vom Unterzeug überzeugt war. Meine Unterhosen langen bis zu den Socken.

Die Eitelkeit besiegt, der gesunden Ratio den Vorzug gegeben – ich weiß, dass ich dachte: Wenn meine Kinder mich jetzt sehen könnten, sie wären bestimmt sehr stolz auf mich. Ich war also sehr zufrieden mit mir, als ich meine Neuerwerbung in den Kleiderschrank räumte: Brav, Bartel! Endlich bist Du alters- wie jahreszeitgemäß ausgerüstet. Beim nächsten Morgen-Gang zum Bäcker gewann ich allerdings die zweite tiefgreifende Einsicht: Wenn man einen warmen Hintern haben will, muss man die langen Unterhosen auch anziehen.

Zwischen Ruanda und Dingsbums

„Sie sind nicht zufällig Her Seebrück?", fragte mich der mittelalte Aktenkofferträger im blauen Anzug. „Nein, bin ich nicht. Und zwar nicht zufällig nicht", antwortete ich ihm. „Warum?", fragte mich der Mann irritiert. „Weil es in diesem Leben keine Zufälle gibt", sagte ich.

Ehrlich, ich weiß nicht, warum ich das gesagt habe, und der Blaumann wusste es auch nicht. Noch als er sich schon 30 Meter entfernt hatte, konnte man ihm das riesengroße „HÄ?!" auf dem Hinterkopf ansehen. Mir gefiel das und ich widmete mich wieder mit Freuden meinem Cappuccino, der vor mir auf dem Straßencafe-Tisch stand. Ich liebe diese spätsommerlichen Mittagspausen in Essen-Rüttenscheid, wenn die Kantine zum verbotenen Ort wird und mich das wahre Leben ruft wie der Watzmann den Luis Trenker. Man muss nur rumsitzen und warten, irgendwann dockt die Welt an. Und der Kolumnist hat den schönsten Beruf der Welt. Keine fünf Minuten nach dem Blaumann lernte ich ein Schwesternpaar aus Ruanda kennen. Liebreizende Damen waren das und deutlich dunkler als mein Cappuccino. Innerhalb von zehn Minuten erfuhr ich, dass sie Tutsi waren und die ältere der beiden das Land vor dem Völkermord 1994 verlassen hatte, während die andere noch so gerade eben in den Kongo flüchten konnte, wo man sie einen Tag lang einsperrte wie eine Verbrecherin. Gleich würde sie ihre Tochter von der Grundschule abholen und ein ganz normales Leben weiterleben. Wozu auch regelmäßige Afrika-Besuche gehören.

„Doch, wir kennen uns", beharrte der sportlich gekleidete Mann, der vor meinem Tisch stehengeblieben war und mein ratloses Gesicht sofort richtig interpretiert hatte. Ich kann mir nämlich immer nur eins merken: entweder Namen oder Gesichter. Beides zusammen geht bei mir nicht, weshalb ich über einen erstaunlich großen Bekanntenkreis verfüge, den ich gar nicht kenne. Den da kannte ich - vielleicht. Er nannte mir seinen Namen, und als auch das keine tiefere Erkenntnis bei mir auslöste, nannte er seinen antiken Spitznamen. „Stippel" - den kannte ich! Und wusste plötzlich wieder, dass wir zusammen in der Handballschulmannschaft gespielt hatten, und dass er ganz in Ordnung gewesen war - jedenfalls für einen „aus der b".

Mein Blutsbruder und ich waren ja immer „a" gewesen und hatten mit denen aus der „b" oder gar der „c" praktisch keinen Umgang gepflegt. Diese nur durch vereinzelte Grußkontakte abgemilderte Form von Apartheid auf der Alfred-Krupp-Schule wurde nur durchbrochen, wenn es um Schul-Fußball- oder -Handballturniere ging. Da kannten wir dann keine Parteien mehr, wie der alte Wilhelm Zwo, nur noch Kruppianer. Jetzt plauderten wir, während der Cappuccino kalt wurde, ein bisschen über alte Zeiten und den dollen Sprung, den Essen-West vollziehen soll – mit schickem Beitz-Boulevard und Segelschiffchen auf der neuen Marina. Und dann darüber, dass er vor drei Jahren mit vielen anderen die Deutsche Bank verlassen musste und sich nun „im Freien" bewegt. Als wir uns verabschiedeten, sah er sich wieder ähnlich, der – Dings. Und ich hatte innerhalb von 20 Minuten ein Kompaktprogramm Welt- und Heimatgeschichte erlebt. Seitdem grüble ich, warum es zu diesen Begegnungen gekommen ist. Schließlich gibt es im Leben keine Zufälle, oder?

Das könnte Ihnen so papsten!

Meine Mutter und ich verstehen uns gut. Wir haben uns eigentlich immer gut verstanden, außer vielleicht, als ich damals in die Pubertät kam und meine Eltern auf einmal so merkwürdig wurden. Dann wurden meine Haare ganz allmählich kürzer, „gepflegter" und, vor allem, weniger, dann konnte ich irgendwann selber Kinder nerven, und es herrschte über 30 Jahre lang schönstes, herzliches Einvernehmen. Und dann bekam Mama ihr erstes Handy.

Von da ab gab es manch ein Miss- oder doch zumindest leichtes Schwerverständnis, denn Mama hört nicht mehr so ganz gut und am Handy noch ein kleines bisschen schlechter. Dann schien auch diese Kommunikationshürde überwunden, denn sie lernte – und ich war wohl mit einigem Recht stolz auf sie –, auf dem Handy „short messages" zu schreiben. Sie trat also, bereits gut in ihren 70ern, mutig ins SMS-Zeitalter ein. Was bei einer Frau, die sich im reiferen Alter ohne Zögern als Sozia hinter ihren rollermäßig spätberufenen Sohn zur Jungfernfahrt auf eine wackelnde italienische Vespa setzt und durch die Pampa fahren lässt, eigentlich kaum wundernimmt.

Und dann hat sie bei ihrem Handy irgendwie die Worterkennung eingeschaltet und nie wieder rausgekriegt. Das führte dazu, dass ich neben Italienisch auch noch Muttersimsisch lernen musste. Das kann ich jetzt schon ganz gut. Darum war ich auch neulich mit ihr gemeinsam bei ihrem Bruder, meinem Onkel Manfred in Burgaltendorf. Jeder andere hätte sich vermutlich etwas gewundert oder wäre zumindest ins Grübeln über den tieferen Sinn ihrer SMS gekommen, mit der wir uns verabredeten, nicht aber ich: „Manfred will vor sonntagto 17.30 bei sich haben papst dir die Zeit mutter".

Ja, papste mir die Zeit? Sie papste. Sie papste, weil ich zwar immer noch nicht weiß, wie man die automatische Worterkennung T9 ausschaltet, aber mittlerweile die Worterkennung durchschaue. Ich wusste damals zum Beispiel instinktiv, was sie mir mit „droge weihnachten" oder „gute Macht" wünschen wollte. Und wir sind ja keine Einzelfälle, Mama und ich haben nur einen Bruchteil der 5,1 Milliarden SMS-Botschaften zu verantworten, auf die es die Deutschen im Jahr bringen. Aber unsere zählen zu den lustigsten. Ich habe gelernt, dass das weniger an uns als am Worterkennungssystem T9 liegt. Nämliches Worterkennungsprogramm orientiert sich an den angeblich meistverwendeten Begriffen, was, wie ich dem Internet entnahm, zu seltsamen Ergebnissen führt.

„Hey Leute, kommt heute Abend alle zu mir feiern“, schrieb ein Simser seinen Freunden, „ich hab aids!“ – „Was?! du hast aids?“ – „sorry, ich meinte BIER“. Hand aufs Herz: Möchten Sie in einer Welt leben, in der Aids populärer ist als Bier?

Ebenfalls etwas merkwürdig mutet folgende Geburtsanzeige an: „Heute um 15.41 Uhr kam der kleine Nazi zur Welt.“ Gemeint war natürlich kein kleiner Adolf, sondern „der kleine Maxi“. Dem es hoffentlich bis heute gut geht. Mögen ihm Magenschmerzen und „Duschfall“ allezeit erspart bleiben. Um die Sache zu Ende zu bringen: Weil mir der Termin mit Onkel Manfred gut papste, simste ich Mama prompt zurück: „Alles klar. Ich süd dich nachher an. Bis Magier!“

Es wurde übrigens ein schöner Sonntag.

Maikinds Gedanken

„Dies ist ein Herbsttag wie ich keinen sah. Die Luft ist still, als atmete man kaum …" – Donnerwetter, was für ein Einstiegssatz für eine bescheidene Wochenendkolumne! Vielleicht sollte ich lieber ein Gedicht daraus machen, eine melancholische Hymne an eine Jahreszeit, die ich eigentlich von Herzen nicht ausstehen kann.

Herb, herber, Herbst: Ich brauche keinen rotgoldenen Glanz und matten Sonnenabschiedsschimmer; ich brauche Licht und je älter ich werde, umso mehr brauche ich davon. Ich bin ein Maikind und vielleicht darum ein erklärter Freund des Frühlings. Ich mag frisches Grün und Krokusküsse und blaue Bänder, die wieder flattern durch die Lüfte; gar nicht mag ich dieses klamme Vorsichhinmodern Richtung Winter.

Brrrr!

Der Herbst ist im Grunde nichts anderes als ein miserabel getarnter Winter, und, um die Wahrheit zu sagen, beginnt meine alljährliche Herbstdepression nicht erst Ende September oder im „goldenen Oktober", sondern jedes Jahr pünktlich schon am 21. Juni. Denn ab dann werden die Tage schon wieder kürzer, was ich persönlich für völlig überflüssig und groben saisonalen Unfug halte.

Jetzt kommt ein Totenalltag nach dem anderen auf uns zu. Trauertage, Dunkelheiten. Nachtfröste. Bald werden die Blätter von den Bäumen fallen, und entlaubt ist, was gefällt; bald werden uns blöde Kürbisse, in denen Teelichte von Ikea blaken, angrinsen und „buh!" sagen, und die ersten Coca-Cola-Männlein werden an Fensterkreuze genagelt werden; stolze graue Kater werden beim Nachhausekommen aussehen wie begossene Pudel und überall schlammige Katzenpfotentritte hinterlassen, besonders auf dem hellen Teppich; aus Rasse-Hunden werden nasse Hunde werden, und nasse Hunde werden riechen wie – nasse Hunde. Und nasse Hunde riechen echt nicht gut.

Das meint übrigens nicht nur Jones, von dem ich an dieser Stelle ganz besonders „Mimi Minouche Mitzenplitz Steinbis" aus Düsseldorf grüßen soll, die ihm mal wieder zu meinen Händen einen sehr langen, stellenweise etwas kryptischen, aber rundum amüsanten Brief geschrieben hat. (Und unser Indiana Jones ist mittlerweile wirklich auch in Neustadt-Weinstraße, in Ludwigshafen und im schönen Lorsch berühmt?! Wow!)

Jaja, ich weiß: Der Sommer war sehr groß, aber jetzt ist er weg, und der blöde Herbst ist da, bis er abfriert.

Das musste ich vor ein paar Tagen auch meinem Kleiderschrank schonend beibringen. Das dauerte Stunden. Ich habe mich von jedem kurzärmeligen Hemd und jedem T-Shirt persönlich verabschiedet, und mit einem zärtlichen Streicheln und einem großen Seufzer Platz für Rollkragen, Pullis und Strickjacken geschaffen: Ade, du schönes grünes Polohemd, das mir Rosa geschenkt hat; ade, du kurze Hose, die endlich wieder mal gepasst hat; ade du zerschlissenes, mal blau gewesenes Etwas mit dem zerfransten V-Ausschnitt, mit dem ich auf gar einen Fall in der Redaktion auftauchen darf, das ich aber über alles liebe! Ja, ich hätte Dich in die Wäsche geben sollen, ich weiß. Aber die hättest du aus Gründen des Fadenscheins vermutlich nicht überstanden; außerdem duftest du noch so fernheimelig süß nach apulischem Rosmarin und Basilikum, nach verbranntem Olivenlaub und Sommersonne und viel Meer!

Andere Leute sollen sich ja Kugeln aus dem Reformhaus in den Kleiderschrank legen oder Säckchen aus Lavendelblüten. Gegen die Motten. Ich lasse einfach mein olles T-Shirt im Schrank. Gegen den Herbst und den Winter.

Den Ern, den gibt es gar nicht

Es mag ja sein, dass sie nie Kreuzworträtsel lösen. Oder nur selten. Oder nur, um nicht durchzudrehen, im Flugzeug im Tomatensaftrausch oder im Wartezimmer. Und es könnte ja sein, dass Sie Kurt Tucholskys „Kreuzworträtsel mit Gewalt" noch nicht gelesen haben, also gar nicht wissen können, dass „Mars" ein Körperteil ist und „Nepzus" ein Planet. Und sollten Sie sich bisher Emil Steinbergs genialen Rätsel-Sketch vorenthalten haben, dann ahnen Sie nicht mal, dass „Oktern" ein hoher christlicher Feiertag ist. Aber wenn Sie je Kreuzworträtsel lösten, dann kennen Sie auch jene magischen Lösungsworte, die jeder kennt. Und mit denen keiner was anfangen kann:

Der „Ern" zum Beispiel. Ja, der Ern, der gute alte Ern. Der „fränkische Hausflur", von dem wir nur wissen, dass er drei Buchstaben hat und „Ern" heißt. Ich vermute ja stark, dass es im Fränkischen niemals Hausflure gegeben hat und dass, sollte es sie doch jemals gegeben haben, es sie nie in fränkischen Häusern, sondern ausschließlich in deutschen Kreuzworträtseln gab.

Was wissen wir über den Ern? Wenn wir im Lexikon nachschauen, dann erfahren wir nach 1.000 Kreuzworträtsel-Erns (oder -Ernen?), dass damit eigentlich der Flur im Erdgeschoss in Bauernhäusern gemeint ist. Und dass die Herkunft des Wortes sich höchstwahrscheinlich aus dem Ostfränkischen ableitet und von „Erdn" (hochdeutsch „Erde") kommt.

Aha.

Vielleicht hat Herr Egk („deutscher Komponist") einen Ern gehabt. Denn der Werner Egk (am 17. Mai 1901 in Auchsesheim geboren, am 10. Juli 1983 in Inning am Ammersee gestorben) kommt ja, wie der Ern, auch aus Süddeutschland und fast nur im Kreuzworträtsel vor. Was wir ihm, der als wichtiger Vertreter des deutschen Neoklassizismus gilt, von Herzen gönnen, wiewohl seine rätselhafte Prominenz denn doch etwas kurios anmutet. Weil bei uns zwar Mozart, Beethoven und Wagner quasi in jeder Egk-Kneipe gespielt werden, nicht aber der berühmte „Komponist des Wiederaufbaus".

Die Wahrheit ist: Werner Egk hieß gar nicht Egk. Er hieß eigentlich Werner Joseph Mayer und wurde, Hand aufs Herz, mitnichten nach dem Elektrokardiogramm benannt (was ja dann auch ein Ekg wäre, was wiederum fast die Abkürzung der famosen elektronischen Gesundheitskarte darstellt, über die ich hier wegen meines hohen Blutdrucks kein weiteres Wort verlieren möchte), nein, Herr Egk hat sich sein Künstler-Pseudonym und späteren Familiennamen mit einem Anagramm aus den Initialen seiner Frau zusammengebastelt. Die war – Achtung! – G-Geigerin und hieß E-Elisabeth K-Karl. So, jetzt wissen Sie's, falls Sie's noch nicht wussten, und fürderhin schreiben Sie diese drei Buchstaben bei „dtsch. Komponist" mit einem ganz anderen Bewusstsein.

Könnte es sein, dass das „Gebirge auf Kreta" nur ein einziges Mal, aber im Kreuzworträtsel tausendfach vorkommt? Wie der „span. Fluss" Ebro? Den Nachweis, dass einige Wörter ausschließlich für Kreuzworträtsellöser von Kreuzworträtselredakteuren erfunden wurden, kann ich leider noch nicht führen. Aber ich arbeite daran. Und wenn ich damit erst durch bin, dann könnte sich herausstellen, dass es zum Beispiel die Asen („nord. Göttergeschl.") nie geben hat. Und dass ein „Raummaß für Holz" namens „Ster" geometrisch wie sprachlich völliger Blödsinn ist. Oder haben Sie jemals in der Baumarkt-Holzabteilung ein Papp-Schild gesehen: „2 Ster Bangkirai-Holz-Paneele nur 39,95 Euro"?

Sehnse!

Und über einen angeblichen Wappenvogel „Aar" lachen der Bundesadler und die deutschen National-Hühner um die Wette.

The Times
They Are a-Changin'

Wovor ich den Hut ziehe

Es sind ja manchmal die kleine Begebenheiten, die einen ins große Grübeln bringen. Oder einfach nur schmunzeln lassen. Bei mir war's zuletzt eine Geste auf dem Fußgängerüberweg am Essener Uni-Klinikum. War auf dem Weg zu Mama, musste an der Ampel halten. Sah einen älteren Herrn mit Hut (und wenn ich das sage, können Sie getrost davon ausgehen, dass er wirklich ein älteres Semester war).

Der Herr mit Hut (warum ich nicht „Mann" schreibe, werden Sie gleich merken) querte die Straße von rechts und traf etwa auf halbem Weg auf eine jüngere Frau, die (kurz darauf zur Dame wurde und) von links kam. Als sie sich trafen, lupfte der Herr im Weitergehen schwungvoll seinen Hut, in einer einzigen fließenden selbstverständlichen Bewegung. Ein echter Herr, der Herr. Die Dame stutzte kurz und ging dann lächelnd ihrer Wege.

Mehr ist eigentlich nicht passiert, aber ich hatte von da an gute Laune. Das Hutziehen war so elegant vonstatten gegangen und hatte so schön altmodisch ausgesehen. Ritterlich, irgendwie. Vielleicht war der Mann ja im wahren Wortsinn „alte Schule", vielleicht ein pensionierter Lehrer, der seine ehemalige Schülerin erkannt und gegrüßt hatte; möglich aber auch, dass er ein Patient des Uni-Klinikums war, der aus guten Gründen seinen Hut vor einer segensreichen Krankenschwester zog. Beide Gedanken gefielen mir gut, denn ich habe nun mal eine starke Schwäche für Höflichkeit und respektvolles Miteinander.

Sekunden später überkam mich ein schlechtes Gewissen, weil ich mich an eine Schandtat erinnerte, die viele Jahrzehnte zurücklag. Die beweist, dass die Jugend von heute die Unverschämtheit nicht erfunden hat. Und die ich damals komisch fand. Ich war so um die 16 Jahre alt und streunte mit meinem Blutsbruder Rolf durch die Essener Innenstadt. Es war ein bullenheißer Tag, die Menschen ächzten und schnauften unter der strahlenden Sonne, und unweit der Marktkirche zollte ein – wir sagten damals – „Oppa" der Hitze Tribut. Das tat er, indem er sich auf ein Mäuerchen setzte, seinen Hut vom Kopf zog und sich den Schweiß von der Stirn wischte. Ich habe damals in einer spontanen idiotischen Anwandlung 50 Pfennige in seinen Hut geworfen und kam mir auch dann noch witzig vor, als der entgeisterte „Oppa" schimpfend mit seinem Krückstock hinter mir her fuchtelte.

Man kann sich übrigens gleichzeitig schämen und großartig finden.

Heute trage ich selber Hut. Zumindest manchmal im Sommer, weil mir aufgrund spezifischer Ausfallerscheinungen sonst die Sonne ungehindert durch die Fontanelle bis auf den Unterkiefer scheint. Mein Hut ist ein fast weißer Panamahut, den man ungestraft falten und knicken kann und außer mir kaum noch jemand trägt. Aber ich bin ja mittlerweile selbst etwas aus der Mode gekommen, was ich im Übrigen nicht bedauere, sondern sehr genieße. Denn weil ich heute nicht mehr alles kann, muss ich auch nicht mehr alles müssen.

Außerdem erinnere ich mich an Tagen, an denen die Migrationsprobleme wieder mal besonders dramatisch zu sein scheinen, noch gut und gern an alte graue Zeiten mit grauen Fassaden und beigen Omas unterm grauen Himmel. Und dann erfreue ich mich vor allem an den vielen hübschen schwarzhaarigen und kohleäugigen Damen, die es in meiner Jugend nur in den Sommerferien gab und die heute überall an Rhein und Ruhr das Stadtbild bunter machen. Am allerschönsten aber ist es, sich darüber wundern zu können, dass man mit den Telefonzellen von heute Fotos schießen und Steaks auf den Punkt garen kann, während es noch Mitmenschen gibt, die vor anderen höflich den Hut ziehen.

Übrigens ziehe ich vor denen den Hut.

Klasse ohne Treffen

Sehen wir uns beim Klassentreffen?

Nein, wie sehen uns ganz sicher nicht beim Klassentreffen. Und wenn ich hundertmal über Facebook oder Stayfriends angemault werde, oder angemailt, wie das heute heißt. Ich habe Jahre gebraucht, um meine Schulzeit halbwegs zu verdauen. Außerdem habe ich neulich erst beim Bürgerbund Holsterhausen auf dem Podium gesessen, um von meiner Schulzeit Zeugnis abzulegen, das hat mir völlig gereicht. Neben mir saßen die glücklichste Schulleiterin auf der besten Gesamtschule westlich des Urals und ein sympathischer Förderschullehrer mit Bart, der Optimismus verströmte. Ich war als schlechtes Beispiel eingeladen worden, sonst wäre ich auch gar nicht gekommen. Das, was ich, immer noch um Fassung bemüht, zu erzählen hatte, löste Kopfschütteln aus. Alle hatten ihre Schulzeit völlig anders erlebt, schöner, angstfreier, und wenn nicht erlebt, so doch zumindest so in Erinnerung behalten: als charakterbildenden Hort der Förderung und Motivation, voller kinderfreundlicher Lehrer, deren oberstes Ziel nicht darin bestand, zu sieben, zu sieben, zu sieben und zu zeigen, wie blöd man war.

Bei mir hat sich das nun mal so abgelagert, und nur in ganz hellen Stunden bin ich in der Lage, mich der Handvoll Lehrer zu entsinnen, die mir Gutes wollten und auch getan haben. An den fabelhaften Herrn Hrosny, den wir auch nach drei Monaten Unterricht noch für einen echten Engländer hielten, an den für seine Strenge verschrienen Herrn Röhricht, der sich in der Oberstufe als Goldschatz entpuppte. Oder an den famosen Herrn Zechlin, der ein bisschen schräg war und einen Sinn hatte für Schüler, die ebenfalls etwas schief in die Welt gebaut waren. Ich weiß, dass andere unter seinem gepflegten Chaos gelitten haben. Aber ich würde ohne „Linus“ diese Kolumne nicht schreiben.

Alle anderen sollen der Vergessenheit anheimfallen, all die Zyniker mit Pensionsberechtigung, die uns an guten Tagen wie Rekruten behandelten und an schlechten wie Feinde; nicht gedacht soll ihrer werden, und ich will mich schon gar nicht auf Klassentreffen an sie erinnern lassen, wo die alte Zeit ja doch nur immer gut wird, irgendwie. Meine war nicht gut. Und basta.

... auch wenn ich zugeben muss, dass ich einige ganz gerne wiedersehen würde: den Anno, unseren Primus, der nicht nur superklug, sondern auch anständig war und abschreiben ließ. Der ist heute irgendwo ganz oben im Management. Oder den Mathes. Der ist oder war, glaube ich, Präsident bei einem Spitzen-Handballverein im Norden. Auch kein Armleuchter. Aber die kommen bestimmt auch nicht zum Klassentreffen. Da treffen sich ja meistens die, die einem schon damals nicht groß aufgefallen waren.

Warum geht man überhaupt zu sowas? Vielleicht, weil man dort Menschen treffen kann, die einen noch kannten, als man noch alles hätte werden können. Vielleicht, damit man in seiner Vergangenheit nicht so alleine ist. Mein Lieblingsonkel Ramses war Jahrgang 1912 und ist hoch in seinen 70ern mal zu einem Treffen der Ehemaligen gefahren. Er war neugierig, wer von seinem geschundenen Jahrgang wohl den Krieg und das Leben überlebt hatte, und er hatte nach langen Jahren in Hamburg und am Starnberger See wohl auch ein bisschen Heimweh nach Essen und sich selber. Als er wieder heimkam, sagte er: „Nie wieder!" Als ich fragte, warum, antwortete er fassungslos: „Lauter alte Säcke!"

Will man wirklich in den Gesichtern von Mitschülern lesen, wie alt man mittlerweile selbst aussieht? Muss man sich unbedingt vergewissern, dass es doch keine Tragödie war, damals bei der süßen Blonden aus Altendorf so schändlich abgeblitzt zu sein?

Ok. Ich überleg's mir noch mal.

Mein Tag der Begegnung

Der „Tag der Begegnung“, abermals von Tausenden gefeiert in der alten Römerstadt Xanten, liegt hinter uns, da gefällt es mir, von meinem persönlichen Tag der Begegnung zu erzählen, der der Beginn einer der schönsten Zeiten meines Lebens war.

Sommer 1978. Ich hatte gerade die Kriegsdienstverweigerung und das Abitur hinter mich gebracht und auch den ersten Frankreich-Urlaub mit Knut, meinem himmelblauen Kadett B, und Annette, einer höllenäugigen Schönheit aus Essen-Süd. Nach den drei Wochen Frankreich hatte ich Knut behalten.

Jetzt wartete ich auf meinen ersten Tag als Zivildienstleistender an der Comeniusschule in Burgaltendorf. Das ist eine Schule für Geistigbehinderte, und dieser Zivi-Platz hatte mich mehr gereizt als Krankenhäuser, wo mir traditionell schon vom Geruch schlecht wird. Ich wollte damals, glaube ich, Philosophie studieren, und ich kannte keine Geistigbehinderten – außer „unsern Dieter“, einen entfernten Verwandten aus Karnap, der ein bisschen sehr langsam im Kopf war, aber immer gute Laune hatte und leider beim Mühlespielen immer gewann.

Ich erinnere mich, dass ich schwer nervös war, als ich bei der Schuldirektorin vorsprach. Die gab sich mit Erfolg Mühe, hinter ihrer strengen Miene ihr Herz zu verbergen, und sie befahl mich in eine der Schulklassen, zu den Kleinsten.

Dort empfingen mich zwei ausgesprochen liebreizende junge Damen, von denen eine eine ehemalige Kinderkrankenschwester und die andere eine der damals noch raren frischgebackenen Behindertenpädagogen war. Es war noch nicht lange so, dass man Menschen mit geistiger Behinderung nicht nur verstecken und verwahren, sondern angemessen fördern und beschulen wollte.

Da stand ich nun, ratlos, ein wenig beklommen und vermutlich saucool mit den Händen in den Taschen und wartete auf Anweisungen. Die kamen aber nicht. Stattdessen schossen zwei, drei, vier Kleinkinder auf mich zu, nahmen mich johlend bei der Hand und kletterten auf meinen Rücken. Ab jetzt war ich der Mann, den sie Pferd nannten, und ich wieherte und sagte hüa! Das beeindruckte sie sehr, und es kamen immer mehr, bis das Pferd in die Knie ging, umgeworfen wurde und, als es auf Augenhöhe war, reichlich feucht abgeküsst wurde.

„Herzlich willkommen!“, sagten die beiden Lehrerinnen lächelnd, pflückten ein paar Kinder von meinem damals obenrum noch blondgelockten Astralkörper und gaben mir so Gelegenheit, kurz zu verschnaufen und mir die Rasselbande etwas genauer anzuschauen: einige hatten merkwürdig mandelförmige Augen und sabberten vor Begeisterung. Andere schielten hinreißend, wieder andere zuckten vor Aufregung und kriegten, weil sie auch so gern toben und schmusen wollten, in ihren Rollstühlen ihre seltsam verdrehten Gliedmaßen nicht mehr in den Griff. Es waren hübsche Kinder, durch die Bank.

Irgendwo fand sich dann neben bunten Schaumstoffwürfeln und Kinderspielzeug eine alte Gitarre, und ich hatte mit dem „Hasen Augustin“ und „Blowing In The Wind“ den ersten öffentlichen Auftritt meines Lebens. Er wurde ein Welterfolg.

Anderthalb Jahre lang habe ich an der Comeniusschule Zivildienst geleistet, und ich habe jeden Tag genossen. Nicht nur, weil ich faktisch 18 Monate lang dauerverknallt war (in mindestens eine der Lehrerinnen), sondern weil es sich so gut anfühlte, etwas Sinnvolles, also etwas für andere Menschen zu tun, und Menschen, die so gerne lachten, lachen zu machen.

Ich habe keine Sekunde lang daran gedacht, dass sie bemitleidenswert oder krank sein könnten. Oder behindert. Sie waren wie sie waren. Und sie haben mich verändert. Danke.

Seele, Seele, du musst wandern

„Des Menschen Seele gleicht dem Wasser: Vom Himmel kommt es, zum Himmel steigt es, und wieder nieder zur Erde muss es, ewig wechselnd."

Das ist von Goethe, sollte also stimmen. Und ich persönlich glaube ja auch an ein Leben nach dem Tod. Aber was unbedingt dagegen spricht, sich auf die Wiedergeburt zu freuen, ist, dass man noch einmal vergeblich Differentialgleichungen pauken und 67 Jahre auf die Rente warten müsste. – Sie sehen, ich habe, was Reinkarnationen und Seelenwanderungen betrifft, keinen besonders esoterischen Ansatz.

Andere sind da anders und es scheinen immer mehr zu werden, denen ein einziges Leben nicht ausreicht, und das sind bei weitem nicht nur Hindus. Ich saß neulich mit guten Freunden zusammen, als das Gespräch unversehens auf Fragen kam, die mich noch nie so richtig beschäftigt haben:

Steigt unsere Seele wirklich für ewig und drei Tage von der Erde in den Himmel und von dort aus wieder runter? Waren wir alle schon einmal früher auf der Welt? Zu einer anderen Zeit in einem anderen Körper? Kann man das vergessen, oder kann man das wissen, und woher weiß man das?

In „Freaks", einem hinreißenden Ensemble-Programm des Düsseldorfer Kom(m) ödchen, werden dazu die richtigen Fragen gestellt. Zum Beispiel, woher es kommt, dass alle, die den leisen Verdacht haben, schon einmal früher auf Erden gewandelt zu sein, samt und sonders Prinzen waren oder Prinzessinnen. Mindestens. Oder Hexen. Meistens war man zum Beispiel ein Edelfräulein oder ein Zauberer gewesen oder Cato der Ältere (234–149 v. Chr.). Und nie war einer – nur zum Beispiel – in seinem früheren Leben beim Ordnungsamt.

Ich meine, das ist doch gegen jede Wahrscheinlichkeit. Sowas muss einen doch skeptisch machen!

Dennoch: Nach einer repräsentativen Umfrage der Bertelsmann Stiftung aus dem Jahre 2009 glauben 66 Prozent unserer Bevölkerung stark oder zumindest teilweise an Wiedergeburt. Und so entwickelt sich auch in deutschen Landen ein wachsender Markt für fachkundige Rückführungen in frühere Leben und „Reinkarnationstherapie". Mittlerweile gibt es im Internet, was ja die global größte Sammelstelle für Gedankensondermüll ist, sogar Angebote für reinkarnationsverdächtige Hunde. Wobei ich anmerken muss, dass bei meinem Kater Jones kein

Zweifel daran bestehen kann, dass er mal ein fauler Hund war. Der mal ein fauler Mensch war. Denn jetzt ist er irgendwie alles zusammen. Anders sind seine Verhaltensweisen echt nicht zu verstehen.

Ich persönlich möchte ja, wenn auch, bitte, noch nicht so rasch, in den Himmel. Und alle lieben Leute wiedersehen. Wiedergeboren werden möchte ich eigentlich eher nicht. Schon gar nicht, wenn die Hindus Recht haben. Oder gibt es irgendeine Garantie dafür, dass man in der neuen Gestalt wenigstens einigermaßen gut aussieht? Und sich leiden kann? Wer garantiert uns denn, dass man als schöner, kluger, gesunder und begehrenswerter Mensch wiedergeboren wird, edel, hilfreich und gut? Und nicht zum Beispiel als Armleuchter. Oder, was eine böse Ironie wäre, als aussterbende Art oder Nummer 3564987654231 in einem afrikanischen Heuschreckenschwarm? Oder als Porree oder Koralle?

Stellen Sie sich nur einen Augenblick lang vor, Sie sterben, wachen wieder auf, und es ist Ihnen saukalt: Weil Sie nämlich nicht als Sommergast auf Mallorca, sondern leider als fette Robbe auf einer Eisscholle vor Spitzbergen wiedergekehrt sind, die gerade von einem hungrigen Rudel Orcas umgekippt wird. Oder als Bund Suppengemüse im Kühlschrank.

Manchmal, wenn ich wieder mal auf dem vergilbten Sofa sitze und kalte Füße habe, beschleicht mich ja der Verdacht, dass das nicht vor, sondern bereits hinter mir liegt.

Im Übrigen bin ich der Meinung, dass Karthago wieder aufgebaut werden muss.

Bella Puglia

Und das Licht geht nie mehr aus ...

Jetzt bin ich schon sooo lange wieder daheim und muss doch fortwährend an Italien denken. Das liegt an der Deutschen Bahn und Rosa. Auf einer Intercity-Tour habe ich im Bahn-Magazin geblättert und bin prompt auf ein Gedicht gestoßen, das so schön ist, dass ich's zwischen Düsseldorf und Mülheim auswendig gelernt habe:

„Unter den Olivenbäumen
schüttet Licht die Samen aus,
Mohn erscheint und flackert wieder,
fängt das Öl und brennt es nieder,
und das Licht geht nie mehr aus."

Ist das nicht schön? Das stammt von der wunderbaren Ingeborg Bachmann, und es ist die erste Strophe ihres Gedichts „In Apulien", das leider nicht so schön weitergeht, wie's anfängt. Aber mit Gedichten ist das wie mit Traumorten: Man muss ja nicht sein komplettes Leben im Paradies verbringen, zum Glücklichsein reichen auch mal zwei Wochen oder eine Strophe.

Rosa hat übrigens gerade zwei Wochen Apulien hinter sich, nicht mit Mama und Papa, sie ist ja schon 22, sondern mit Anke und Lena und Elli. Die Wahnsinnigen sind in der Heimaterde in Rosas ollen Opel Corsa gestiegen, übrigens das schmutzigste Auto der Welt, und dann die kompletten 1965 Kilometer bis zur Olivengarage durchgeknallt. Und ich war aufgeregter, als wenn ich selbst gefahren wäre. Man weiß ja, was da alles passieren kann ...

Natürlich habe ich volles Vertrauen zu meiner Tochter, aber ich musste mich doch schwer zurückhalten, um sie nicht alle zwei Stunden anzurufen, ob auch alles ok ist. Habe ich auch nicht gemacht. Ich habe gesimst.

Dafür hat sie mich angerufen:

„Papa, wir haben kein Wasser!"

Kann nicht sein. Pippi hat erst vor kurzem die Zisterne gefüllt (ohgott, das Kind verdurstet!).

„Dann ist die Zisterne kaputt!"

Quatsch.

„Dann ist eben die Pumpe kaputt!"

Oh, bitte nicht schon wieder!

„Was sollen wir denn jetzt machen, Lena hat voll das Shampoo in den Haaren und –?!"

Am besten ruft ihr Papa Bartel in der Redaktion an, der vollbringt dann eine Wunderheilung aus 2.000 Kilometern Entfernung. Wasserzauber sind seine Spezialität. Hat ja auch sonst nix zu tun. Außer vielleicht – sich Sorgen zu machen.

Ohne Wasser, müssen Sie wissen, ist die Olivengarage eine Wüstenei. Es regnet da unten eigentlich nur zwischen Anfang November und Ende März und wenn ich mit meinem Bruder dort bin, um mit dem ewigschönen Wetter anzugeben.

Aber, ach, ich bin ja doch stolz und froh, dass sich auch die Blagen zu Apulien hingezogen fühlen. Eigentlich müssten sie ihre Ferien schon aus Protest im Bayerischen Wald oder auf irgendeiner Ösi-Alm verbringen. Da wäre ich wahrscheinlich heute auch, statt in der trockenen Pampa, wenn mich meine Eltern seinerzeit nicht immerzu die Berge rauf und runter gescheucht hätten. Ich habe seit damals eine 1-a-Jausen-, Janker- und Kuhfladenallergie; aber Jan und Rosa scheinen, was ihre Apulien-Liebe betrifft, ähnlich bekloppt zu sein wie ihre Eltern.

Übrigens stellte sich heraus, dass die Zisterne UND die Wasserpumpe kaputt sind. Ich fürchte, ich muss schon bald mal wieder da runter, wo zwar ab und zu das Wasser ausgeht, aber das Licht nie mehr ...

Ich bin doch kein Flugzeugentführer!

Habe ich Ihnen schon erzählt, wie ich nach meinem viel zu kurzen apulischen Sommer nach Hause gekommen bin? Dass ich in Bari ein Flugzeug entführten wollte? Von Ryanair? Und zwar mit einem Flakon teurem Rasierwasser (das ich vor dem Hinflug in Weeze gekauft hatte), einem Glas Flüssig-Honig, zwei Gläsern selbst eingekochter Feigenmarmelade und drei Litern sonnenaufganggoldenem Olivenöl in zwei „Levissima"-naturale-Plastikflaschen?

Ach, Sie glauben nicht, dass man mit sowas ein Flugzeug entführen kann? Nun, die Damen und Herren von der Handgepäckkontrolle in Bari, die haben es geglaubt. Nein, ich habe nicht lange protestiert. Aber auch nicht kurz, wie ich zugeben muss. Und dann warf ich alles in einen großen Eimer, das teure Rasierwasserwasser, den Honig, die Marmelade und das Öl. Weg war das Ziel, und weg ist weg. Und ich werde erst gegen Weihnachten wieder daran denken: wenn ich mir vorstelle, wie die Flughafenmitarbeiter ihre Jahresweihnachtsfeier begehen, in aufgeräumter Stimmung, mit leckerer Orecchiette-Pasta, gegrilltem Fisch und ein paar Gläsern Wein – und einer großen Tombola, während derer sie alle konfiszierten brandgefährlichen Flugzeugentführer-Utensilien untereinander verteilen. Die Hauptgewinne: ein teures Rasierwasser, ein Glas Honig, zwei Gläser Feigenmarmelade und drei Liter vom besten Olivenöl der Welt.

Buon natale, ihr Pappnasen!

Was mich dabei am meisten wurmt, ist weniger die Tatsache, dass ich überhaupt nicht im Sinn hatte, ein Flugzeug, das nach Weeze flog, zu entführen. Ich wollte ja nach Weeze. Ärgerlich war, dass ich am Vorabflugtag auf der Waage von Salvatore in mühsamen Stunden mein Handgepäck bis auf 150 Gramm an die Zehn-Kilo-Grenze runtergespeckt hatte. Ich hatte mich von mindestens drei Zentnern Mandeln, zehn gigantischen Salvatore-Zitronen und einem Sack getrockneter Tomaten getrennt, damit mich das Draufzahlen fürs Übergewicht nicht mehr kostete als das Ticket. Außerdem hätte ich für den deutschen Restsommer auch noch ganz gerne meine schicken neuen Sandalen an den Füßen gehabt. Die habe ich mir in Gallipoli gekauft, ein echtes snappino (zu deutsch: Schnäppchen – nein, das ist Quatsch!). Jetzt warten meine hochmodischen italienischen Sandalen fast ein ganzes Jahr auf mich in der apulischen Pampa, und ich schlappe hier in ausgetretenen Birkenstocks rum.

Beim nächsten Mal nehme ich ein Schrottrasierwasser, einen ungenießbaren, weil bis zur Diamanthärte kristallisierten Honig, fiese Kaktusfeigenmarmelade (die schmeckt auch nach Anwendung dreier unfehlbarer Hausrezepte scheußlich) und vulgäres Olivenöl aus Massenhaltung vom Supermercato mit. Das kommt dann in Bari wieder in die Tonne. Und dann: Frohe Weihnachten, ihr Pappnasen!

Um mich abzulenken und nicht weiter an Italien zu denken, habe ich dann in Deutschland eine Straßenbahn entführt. Ich habe sie natürlich nicht entführt, sondern brav ein Ticket gekauft und mich ganz ordentlich benommen. Mit einer Straßenbahnentführung scheint übrigens kein Mensch zu rechnen: kein Gürtelab und Schuheaus und Uhrenundportemonnaieindie Kiste an der Haltestelle. Zwei Fahrgäste soffen sogar Bier aus der Pulle. Und ich hatte einen Riiiiesenkoffer dabei. Da war zwar nichts drin, aber irgendwie gab mir das ein gutes Gefühl von – Freiheit.

Hauptsache, Mama schimpft nicht

Ich habe zerkratzte Hände, überall Schrammen. Sieht so ein Kulturredakteur aus? Nein, so sieht kein Kulturredakteur aus, so sieht einer aus, der mit einem Kater gekämpft hat. Aber mein Kater kratzt nicht, und ich bin auch kein Kulturredakteur, zumindest nicht immer. Zwischendurch bin ich ein salentinischer Bauer.

Und bevor sie neidisch werden: Ich bin auch diesmal nicht in den Süden geflogen, um dem arschkalten deutschen Frühling zu entfliehen und mich bräsig in die warme Sonne zu legen, sondern um zu arbeiten, schwer zu arbeiten: Immer um die Osterzeit rum muss ich runter, um die Olivengarage zu lüften und vor allem von „muffa" (Schimmel) und „sborco" (Schmutz) zu befreien. Schließlich ist die karge Hütte im Winter, wenn es dort unten Hunde und Katzen regnet, unbeheizbar und auch nicht beheizt, und der meerestrunkene Scirocco-Wind pustet mir wochenlang den Sahara-Sand durch die Fenster. Die müssen offen bleiben, damit der Durchzug durchzieht und man im Frühling nicht die Wände auswringen muss. Wenn die Olivenernte vorbei ist und die Mandelbäume blühen, ist die Garage meiner Träume trotzdem muffig und klamm und dreckig und knirscht vor Sand und Dreck. Das kann ich mir in diesem Jahr auf gar keinen Fall leisten. Denn im Juni kommt Mama. „Ob ich denn hier wohl noch einmal hinkomme?", hat sie beim letzten Mal gesagt, und ihr Blick, der über die Oleanderbüsche und Olivenbäume streichelte, war so feucht wie der Kolumbusgarten zu Ostern. Wenn Mütter so gucken, hat man schon verloren.

Ich freu' ich mich drauf, ehrlich. Mama ist ein Schatz und pflegeleicht. Und die Bartelsche Apulienwoche mit Söhnen, Sommer und Vollpension ist unser Geschenk zu ihrem 80. Geburtstag. Sie hat sich gefreut wie eine Schneekönigin („Era felice come una pasqua", heißt das auf Italienisch, wobei „pasqua", aber damit hört die Klugscheißerei auch schon auf, „Ostern" bedeutet): Von zwei Bilderbuchsöhnen an den lichten Gestaden des Mittelmeers liebevoll umhegt zu werden, ist schließlich nicht jedermama beschieden.

Damit Mama nicht in Ohnmacht fällt, schimpft oder, was wahrscheinlicher ist, sofort anfängt zu putzen, wenn sie die Bude betritt, musste ich putzen. Zuerst habe ich alle Matratzen vors Haus gezerrt und mit all dem klammen Bettzeug zum Lüften und Trocknen in die Sonne gehängt. Und dann die Sahara rausgeschaufelt.

Draußen strahlten zwar schon über 20 Grad im Schatten, aber weil's im Haus arschkalt war, kälkte ich lieber den Grill- und Duschbereich hinterm Haus und strich rundum die rostenden Fenstergitter schön grün. War, wie immer bei mir, Pfusch am Bau, sieht aber jetzt wieder proper aus. Mama wird's gefallen.

Dann ging's ans Badezimmer. Da liegen ja immer die Girlie-Zeitschriften von Rosa, die Frauenzeitschriften meiner Gattin, die Mensa-Rätsel meines Sohnes, für die ich zu doof bin, und die anderen Zeitschriften herum, die ich auf den Flügen immer zusammenklaube, weil sie umsonst sind. Jetzt warf ich mal einen Blick hinein und las mich gleich fest. Erstaunlicherweise muss ich mir vor einem Jahr mal ein Blatt namens „Business Punk" gegriffen haben. Was für ein cooler Titel für coole Typen, und was drin stand, war so cool, dass einem beim Umblättern fast die Finger festfroren. Eine Bibel für Business Punks, also Leute, die glauben, der liebe Gott hätte BWL studiert. Da erfuhr ich mit dem Feudel in der Hand, dass das Leben eine „nie endende Herausforderung" ist und überhaupt „ein einziges Startup". „Hintern hoch!" brüllte es mich an, „Mach Karriere! Verstoß Deine Familie, streich den Urlaub, kauf Dir drei neue Computer und acht Smartphones. Wer 24 Stunden am Tag wie ein Blöder arbeitet, hat ja immer noch die Nacht zum Schlafen!"

Super! Ich übergab das Heft feierlich den Flammen, denn ich musste den Kamin anzünden, um nicht vor Coolness zu erfrieren. Dazu habe ich in aller Gemütsruhe kubikmeterweise verdorrte Mandelbaumzweige eingesammelt und reisigmäßig zerbrochen.

Daher übrigens die zerkratzten Hände.

Haltet die Diebe!

Nun mag es ja durchaus sein, dass sich der Eine oder die Andere von Ihnen noch immer darüber grämt, dass „die Italiener" „uns" den Finaleinzug bei der Fußball-Europameisterschaft geklaut haben. Ich aber sage Ihnen: Es geht noch schlimmer. Mir haben sie gerade in Apulien meine geliebte zitronengelbe Vespa, die Stereoanlage, vier Ikea-Schränke mit allen Klamotten, zwei Nachttischchen, das Beachvolleyball-Equipment mit Pfosten und Netz, eine 2-Meter-Aluleiter, zwei Gitarren und einen Verstärker geklaut. Aus dem verschlossenen Haus.

Eingedrungen sind sie durch das kleine Fenster hinten. Dazu haben sie das massive Eisengitter, das 15 Zentimeter tief in der Mauer steckte, herausgebrochen, das Fenster eingeschlagen, um später durch die Seitentür, deren Schloss sie knackten, um das ganze Zeugs fortzuschaffen. Herd und Kühlschrank haben sie nicht angerührt, denn die hatten sie bereits: aus dem Haus vom Nachbarn Salvatore, der sich erst im vergangenen Jahr eine nagelneue Küche gegönnt hatte.

Also war alles bei weitem nicht so dramatisch, wie es es nach dem Anruf von Pippi geklungen hatte. „Vuota" sei das Haus, leer, und zwar komplett, hatte er gesagt, „un disastro!" Worauf ich für meine Mutter, die ich ja zu ihrem 80. nach Puglia eingeladen hatte, sofort eine alternative Bleibe am Meer gesucht und gefunden hatte. „Geht doch", sagte sie. Eine Generation, die zweimal ausgebombt wurde, geht mit sowas locker um. So freuten wir uns, dass die vermaledeiten Diebe auch den kalten Rosato verschmäht hatten und blieben zusammen, denn die Betten und, wie gesagt, Herd und Kühlschrank hatten sie uns ja freundlicher Weise gelassen.

Apropos gelassen: Irgendwann (wenn ich ehrlich bin: ziemlich früh) reagierte ich doch etwas ungehalten auf die scheelen Mitleidbekundungen meiner Kollegen und Bekannten: Jaja, die Süditaliener! War ja zu erwarten. Lauter Mafiosi und Panzerknacker. Dabei war der Olivengarage (nach dem Begrüßungs-Einbruch im Dezember 2000) zwölf Jahre lang rein gar nichts passiert. Während man bei Freund Ludwig im westfälischen Nateln nahe Soest gleich dreimal eingestiegen war, bis ihn die Versicherung aus dem Vertrag warf.

Ich habe keine Versicherung für die Olivengarage. Die liegt dermaßen einsam zwischen Oliven und Kakteen in der Pampa, dass sie gar nicht zu sichern ist. Außer von einer jener privaten Schutz- und Wach-Firmen, von denen man munkelt, dass sie sich aus den Brüdern jener Leute rekrutieren, die die Häuser ausrauben. So dass man quasi jederzeit die faire Wahl hätte, wie und bei wem man sein Geld loswird.

Natürlich bin ich wegen einer Anzeige zur Polizei gegangen, genauer zur Carabinieri-Legion Puglia, Stazione Sannicola. Der diensthabende Carabiniere machte ein verständnisvolles Gesicht und ließ mich den Fall schildern. Währenddessen telefonierte er mindestens zehnmal mit einem Kollegen aus dem Nachbarort Neviano, dem zu Ohren gekommen war, dass man irgendwo in der Pampa einen toten, vielleicht ermordeten Stier entdeckt hatte. Neun der zehn Telefonate dienten ausschließlich dazu, zu klären, ob das tote Hornvieh nun auf dem Hoheitsgebiet Sannicolas oder Nevianos herumkadaverte. Nein, sagte mein Heimat-Carabiniere, die viale Dingsbums sei eindeutig Nevianos Territorium. Außerdem könne er hier und jetzt auf gar keinen Fall weg aus seiner Wachstube. Er habe zurzeit „quindici", also 15 Personen in seinem Ufficio.

Ich drehte mich um, blickte in den gähnend leeren Raum und sagte halblaut „seidici!", also 16, worauf mich der Carabiniere-Offizier anstrahlte wie Miss Apulien persönlich. Irgendwann gab mir mein neuer Freund die Hand, eine Kopie der schriftlichen Anzeige und das Versprechen, dass man diese „bastardi" ganz sicher nie erwischen werde. Aber dafür werde Deutschland in diesem Jahr garantiert Europameister.

Arrivederci, Silvio!

Sie wollen wissen, was Silvio Berlusconi mit mir zu tun hat? Eine ganze Menge. Wir beide lieben Italien, gutes Essen, schönen Fußball und schöne Frauen. Uns beiden sind die Haare ausgegangen, aber seine sind wieder da. Und er macht, genau wie ich, auch irgendwas mit Medien. Nur dass er mehrere Fernsehsender, Zeitungen, Buchverlage und Chefredakteure besitzt und ich die Ehre und das Vergnügen habe, unter anderem eine bescheidene wöchentliche Kolumne zu schreiben. Wobei ich natürlich, was die Qualität des Zielpublikums anbetrifft, klar im Vorteil bin. Silvio hat Kinder, genau wie ich, nur mehr und ganz andere: neben Marina und Piersilvio auch noch Barbara (die gerade mit einem Fußballer des AC Milan rummacht, der der Familie gehört – also jetzt der Club), desweiteren Eleonora und Luigi, die allesamt auf ein fettes Erbe hoffen dürfen, aber quasi täglich die Geburt neuer Geschwisterchen fürchten müssen. Was sie wiederum von Jan und Rosa deutlich unterscheidet.

Denn Signor Bunga-Bunga ist Multimilliardär, was ich nicht bin, doch gern wär.

Und er kann mit Geld umgehen, zwar nicht mit den Staatsfinanzen, aber doch zumindest mit dem eigenen. Ich dagegen bin schon dankbar für jeden Tag, an dem ich mein Portemonnaie wiederfinde. Keine Ahnung, was passiert, wenn ich einmal in Rente gehe. Ich habe aber Grund zur Annahme, dass vor dem Rathaus von Voerde, am Xantener Dom, auf dem Alten Markt in Oberhausen und dem Essener Kennedyplatz deshalb keine Freudenfeuer lodern und rauschende Jubelfeste gefeiert werden wie in Rom.

Zugegeben, meine amici Dario, Marina, Nicola und die anderen, auch Pippi und Salvatore sind nicht in die Ewige Stadt gefahren. Die mussten arbeiten, und Rom ist weit weg. Für richtige Salentiner beginnt die Grenze zu Dänemark und denen, die sie nicht leiden können, schon bei Bari. Aber sie haben mächtig mit Prosecco angestoßen, weil „u strunzu" endlich stinkig abdankte, für den sie sich so lange geschämt haben. Sie haben mir Jubelmails geschickt, die voll waren von gut gelaunten Schimpfwörtern, die ich noch nicht kannte.

Nur ich war ziemlich konsterniert. Denn Silvios Rücktritt durchkreuzt meine Pläne. Ich hatte nämlich gerade erst beschlossen, demnächst nach Italien auszuwandern, um mich dort einbürgern zu lassen und in der Folge entweder Abgeordneter im römischen Parlament zu werden oder, am liebsten in Gallipoli, Santa Maria de Leuca oder Lecce, das Amt für Abfälle und Wasser zu übernehmen. Dann hatte ich vor, 120 Tage zu arbeiten und dann die Rente zu beantragen, die volle natürlich.

Das hat (wie ich neulich im „Stern" gelesen habe) Signor Felice Crosta auf Sizilien auch so gemacht. Und kriegte prompt 600 Euro Rente. Was ihm nicht genug erschien, woraufhin er klagte. Und wissen sie was? Weil es unter Berlusconi Recht und Gesetz war, bekam er Recht: seine Rente wurde verdoppelt auf 1369 Euro. Am Tag. Glauben Sie mir, so viel verdient man nicht einmal bei der NRZ.

Was für ein herrliches Land war Italien unter Silvio Berlusconi! Man konnte glatt zum Patrioten werden: Angesichts der italienischen Regierung fand ich unsere real existierende politische Elite geradezu anbetungswürdig. Keine Sekunde liefen meine Kinder Gefahr, sich an apulischen Sommerabenden vor die Glotze zu setzen, weil das Berlusconi-Fernsehen so unfassbar doof war. Keine Sekunde lang musste ich in all den Jahren Angst haben, dass es meiner Oilvengarage wegen des (pssst!) Schwarzanbaus von 2002 an den Putz gehen könnte. Jetzt steht zu befürchten, dass der neue Mächtige, der dröge Signor Mario Monti, demnächst übern Mandelzaun oder Google Earth guckt und mir ein Knöllchen schickt nebst Abrissbefehl. Und wahrscheinlich fragt irgendwann doch noch mal jemand nach wegen der Grundsteuer ...

Ich mag mich ja täuschen, aber rund um die Olivengarage zittert das halbe Quartiere, dass aus dem schönsten Selbstbedienungsladen der Welt nach Berlusconi noch ein richtiger normaler Staat werden könnte. Und es zittern nicht nur die Mitarbeiter von angeblich 7.000 nutzlosen Behörden, 86.000 Dienstwagenfahrer und die zwei hauptamtlichen Uhrensteller im Amtssitz des Staatspräsidenten Giorgio Napolitano, sondern auch die 297 prächtig uniformierten Ehrenwachen. Ihnen allen droht, so fürchten sie, die neue Zeit, der pure Stress, ein zutiefst unitalienisches Gemerkel.

Ob ich jetzt noch auswandern werde? Wahrscheinlicher ist, dass ich es mache wie Karl Valentin: Ich bleibe hier und zwar sofort.

In der Ferne wartet das Heimweh

Kann ja sein, dass Heimat ist, wo noch niemand war – ich jedenfalls hab schon wieder Fernweh. Wobei ich nicht ganz genau zu sagen wüsste, ob es sich nicht doch eher um Heimweh handelt. Oder doch Fernweh in der Heimaterde? Doch, das geht. In meiner Olivengarage am Stiefelabsatzende fühle ich mich längst auch zu Hause und genieße das Nachhausekommen, 2.000 Kilometer weit weg. In Apulien heißt das schöne Wort dafür „nostalgia“, und ich komme da ganz durcheinander. Wolf Biermann hat das gut gemischte Gefühl mal in einem Lied so ausgedrückt: „Ich möchte am liebsten weg sein und bleibe am liebsten hier.“

Wussten Sie, dass das Heimweh im Ausland erfunden wurde? Wurde es, oh ja, und zwar in Basel im Jahre 1688 von Johannes Hofer, einem Arzt. Seitdem der Hofer das Heimweh erfunden hat, ist es auch eine Krankheit. Die meisten Krankheiten sind ja von Ärzten erfunden. Diese nennt man „Schweizer Krankheit“. Aus berufenem Munde ist zu erfahren, dass es sich „um eine durch unbefriedigte Sehnsucht nach der Heimat begründete Melancholie oder Monomanie“ handelt, die unsere körperliche Gesundheit zerrütten kann, mit der Folge, dass eine Entkräftung, Fieber oder womöglich sogar der Tod eintreten kann.

Achduliebezeit. Was für eine gefährliche Krankheit!

Und weil sie so gefährlich ist, war es in Frankreich bis über die Mitte des 18. Jahrhunderts hinaus – und zwar bei Todesstrafe! – verboten, den sogenannten „Kuhreihen“, eine bekannte Hirtenmusik („Chue-Reyen“), zu singen oder zu pfeifen, weil die schweizerischen Soldaten durch das Hören desselben haufenweise in Heimweh verfielen, desertierten oder gar starben. Das wussten Sie bestimmt nicht. Ich wusste es auch nicht. Ich kenne diesen Kuhreihen gar nicht, und bei mir ist es auch nicht ganz so schlimm mit dem Heimweh.

Mir geht es wie den meisten andern Leuten auch: Ich fahre immer frohen Herzens weg und frohen Herzens wieder heim, wo das Fernweh wartet. Ich freu mich dann wie Bolle auf gescheites Brot, auf meine Zeitung auf dem Frühstückstisch, auf mies gelaunte Leute am Bahnsteig und auf Gäste, die um acht Uhr klingeln, wenn sie für acht Uhr eingeladen wurden. Man kann ja nun die deutsche Pünktlichkeit als Sekundärtugend denunzieren oder sie als Höflichkeit der Könige glorifizieren – ich warte ganz einfach ungern und lasse ungern warten. Wenn das Warten etwas schneller ginge, hätte ich wahrscheinlich nichts dagegen, aber so ...

An meinem Wesen ist übrigens schon halb Apulien genesen. Dario, der nicht nur Arzt, Schlagzeuger, Fischer, Koch und mein guter alter Freund, sondern auch Patenonkel meines Sohnes ist (jawohl, wir haben einen echten italienischen Paten in der Familie!), nennt man da unten mittlerweile „il Tedesco", den Deutschen. Weil er so spektakulär pünktlich ist. Und andere versuchen es ihm nachzutun, auch „tedesco" zu sein, „un po". Sie sollten die Freude in Nicolas und Marinas Augen funkeln sehen, wenn sie es geschafft haben, nur eine halbe Stunde zu spät zu kommen statt eine ganze!

Uhrzeiten sind seit Urzeiten für Süditaliener ähnlich wie im Herannahen hupende Autos für meinen Kater Jones oder Gesetze für Silvio Berlusconi: Vorschläge, aber mehr auch nicht. Auf keinen Fall ein Angebot, das man nicht ablehnen könnte. Es ist mir immer noch ganz unerklärlich, wie ausgerechnet solche Zeitschlamper wie die Italiener so einen Kult um den einzig gottgewollten Garzeitpunkt ihrer Spaghetti machen konnten. Zwischen Nudeln auf den Punkt gekocht und dem gesellschaftlichen Todesurteil „scotto" – verkocht liegen nämlich nur Hundertstelsekunden, wie beim 1.000-Meter-Zweierkajak. Wobei das Verblüffende ist: Man schmeckt das, wenn man fest genug dran glaubt. Und so versuche ich mich immer mal wieder, nach Apulien zu kochen. Durst ist schlimmer als Heimweh. Aber gute Pasta ist besser als nostalgia.

Urlaub von sich selbst

Vielleicht liegt es ja daran, dass ich Journalist bin – damit fängt es schon an. Ich sage, dass ich Journalist „bin", so wie man Deutscher ist oder adipös oder nicht schwindelfrei. Im Italienischen müsste ich dagegen sagen: „faccio giornalista", also „ich mache" Journalist. Nicht im Sinne von: „Ich mache auf Journalist", also wie einer, der gar kein richtiger ist. Das wäre gründlich lächerlich, denn das tun schon allzu viele lächerliche Leute. Sondern „ich arbeite als", „ich verdiene mein Geld als Journalist".

Jedenfalls hat, wenn ich Ferien habe, der Journalist Urlaub. Aber sowas von. Dann setze ich mich zum Beispiel in ein kleines Cafe in Santa Caterina, schaue wie ein Schaf dösig den dümpelnden kleinen Motorbooten zu, die bestimmt gerne einmal Yachten werden würden, bestelle einen „Kaffä", lasse mich von ihm kurz durchrütteln und denke an – nichts. Ich nehme zwar zur Kenntnis, dass an mir in der kleinen Hafenbar Menschen vorüberziehen, mal schnaufend in Jogginghosen, mal knatternd auf der Vespa, aber überwiegend quasselnd untergehakt und im Schlurfschritt, und merke dann, wie sehr ich genieße, dass nichts passiert.

Außer dem, was da gerade passiert natürlich, aber das ist wirklich nichts, über das man andere Menschen unbedingt informieren müsste:
- dass da der immer etwas verpennt aussehende Padrone des Eiscafés gerade wieder einmal eine Privatvorstellung gibt in seinem schulterlangen grauen Haar und dem Handy in der einen Hand, während er die andere in dramatischen Gesten sein äußerst wohlklingendes Blabla unterstreichen lässt;
- dass da ein heller Hund, dessen Opa mal was mit einem Meerschweinchen gehabt haben muss, gerade sein Bein hebt, um eine Palma Canariensis zu gießen, die in ihrem Inneren offensichtlich von einem Feuerwurm benagt wird, der vor Jahren schon meine aufgefressen hat;
- dass einem Bambino mit großen Kulleraugen gerade sein Mandeleis auf das Juventus-T-Shirt tropft und sich die schwarzen Kinderweltaugen mit Tränen füllen;
- dass ein mittelalter Carabiniere in glänzenden Stiefeln, Staatsblau und bühnenreifer Opernpose (und im Dienst!) dem unglücklichen Kleinen noch tröstender übers Haar streicht als Angela Merkel der süßen Libanesin in Berlin ...

Es ist herrlich, dass für ein paar kurze Wochen im Jahr nicht passieren muss. Ja, es kann zwar immer mal was passieren, aber es muss eben nicht. Und ich muss es nicht registrieren, aufschreiben oder eine Meinung dazu haben. In diesen Tagen geht mich meine Meinung nichts an. Es muss in diesen kostbaren Wochen auch nichts Bedeutendes erfunden, wiedergefunden, aufgeführt oder ausgestellt werden. Nicht einmal etwas, das die Welt besser erklärte, was sie ein Stück voranbringen oder zu einem ein wenig besseren Ort machen könnte. Denn so, wie es ist, ist es gut.

Tja, aber was macht man da?

Da geht man zum Beispiel in sich, endlich einmal. Da ist man tage-, wochen-, monatelang neben sich her oder an sich vorbeigelaufen, und jetzt hat man die Gelegenheit, mal in sich zu gehen. Könnte ja durchaus sein, dass da jemand ist, ohne dass man mit Bestimmtheit zu sagen wüsste, ob überhaupt und wer. Vielleicht irrt man in dem Labyrinth, das man nun mal ist, herum oder trifft an irgendeiner Ecke des Gedankengangs jemanden: Und vielleicht ist dieser Jemand ja sogar sympathisch und das Kennlernen oder ein Wiedersehen wert. Und wenn's ein Armleuchter ist, kann man ja immer noch umkehren. Spätestens, wenn die Ferien vorbei sind.

Nachwort

von Jens Dirksen

Wer von sich selbst und seinem Alltag zurücktreten will, um sich über beide zu erheben und zu durchschauen, muss schon über eine gewisse Größe verfügen. Mit seinen Kolumbus-Kolumnen hat Jörg Bartel den Lesern Mal um Mal ein Paar Stelzen angereicht, mit denen sie gewinnen konnten, was er durch sein Sosein schon hatte: Selbst- und Rollendistanz in ein, zwei schönen Sätzen, einen heiteren Blick auf das Stolpern durch das eigene Dasein – von oben, aber eben nicht herablassend, sondern aus sicherer Entfernung, hinter einem Lächeln.

Der Mikrokosmos Heimaterde, auf den Jörg Bartel seine Leser über die eigene Schulter gucken ließ, wurde in den scheinbar verplauderten Kolumbuskolumnen zum Parabolspiegel für den Makrokosmos namens Gesellschaft. Wenn es sich bei Satirikern, wie wir seit Tucholsky wissen, um gekränkte Idealisten handelt, dann war Jörg Bartel keiner, denn er betrieb die Beschreibung des Alltags als fröhliche Wissenschaft und feierte damit all jene, die sich mit Beckett dem ewigen Versuch des immer besseren Scheiterns verschrieben haben, nicht zuletzt also sich selbst. Ein hoffnungsloser Idealist, der nur zu gut wusste, wie das Leben eigentlich sein sollte, es aber genau kannte, wie es ist – und sich über den Abstand dazwischen lustig machte.

Jörg Bartels Kolumnen, das war Kabarett auf Zeitungsseiten und das sind oft zeitlos gültige Entknotungen aus dem gordisch verdrehten Leben; dass sie lächeln, diese Kolumnen, über die Welt und sich, dass sie schallend grinsen, kichern, prusten und sich eins pfeifen über Zeitgeist-Verirrungen, fleischliche Malaisen und die Ohnmacht der Vernunft, rührt aus dem sicheren Wissen darum, dass Welt und Mensch einfach nicht füreinander geschaffen sind. Dort, wo wir dieses Wissen kaschieren, liegen die Einsatzorte für Jörg Bartels Aufdeckungsarbeit. Die Mittel dazu waren literarisch, man liest Parabeln, Gleichnisse und Anekdoten, Komödien, Tragödien und Fortsetzungsromane, wenn man diese „Kolumben" liest. „Oder heißt es Kolumbii?", neckte Jörg Bartel dann immer den Bildungsbürger in sich.

Weit über ein Dekade hat er unser Leben im Parabolspiegel seiner Kolumnen lächelnd verarztet. In diesem Band ist eine Auswahl aus den letzten fünf Jahren seines kolumbianischen Schaffens versammelt. Sie erinnern an einen Alltagsliteraten und sein Werk, das es allemal verdient hat, den Zeitungsarchiven entrissen zu werden. Schon wegen der erhebenden Wirkung.